30년 뒤 딸에게 보내는 편지

30년 뒤 딸에게 보내는 편지

초판 1쇄 발행 2022년 8월 15일

지은이 김여나
편집인 옥기종
발행인 송현옥
펴낸곳 도서출판 더블:엔
출판등록 2011년 3월 16일 제2011-000014호

주소 서울시 강서구 마곡서1로 132, 301-901
전화 070_4306_9802
팩스 0505_137_7474
이메일 double_en@naver.com

ISBN 979-11-91382-15-0 (03810)

30년 뒤 _____ 딸에게 보내는 편지

사랑하는 이에게 전하는
인생 선배의 따스한 말

김여나 (퀸스드림) 지음

더블:엔

아이를 낳아 키우며 평생 변하지 않는 사랑을 알게 되었습니다. 저는 이 책의 저자보다 결혼이 더 늦었고, 아이도 42세에 낳았습니다. (지나고 보니 청춘이었던) 제 사십대는 온통 출산과 육아라는 키워드가 장식했더라고요. 책을 만들며 '나도 30년 후 아들에게 보내는 편지를 써봐야지' 했는데 생각만큼 쉽지 않았습니다. 하지만 천천히 조금씩 써볼 생각입니다.

우리 사회가 점점 더 아이 키우기 힘들고 각박해져 가고 있는지라 본문을 읽는 내내 마음이 가볍지만은 않았습니다. 쉽게 휘리릭 읽을 수 있는 내용도 아니었지요. 그래서 편집을 하며 색감과 느낌이 멋진 명화를 찾아 배치했습니다. 눈과 마음의 통풍을 위해 천천히 글과 함께 감상하시면 좋겠습니다.

2020년 초, 전 세계가 마비되는 놀라운 사태가 발생했어요. 바이러스 앞에서 인간이 얼마나 작은 존재인지 깨닫게 해주겠다는 듯 코로나19 바이러스가 창궐했거든요. 30년 후에 이 글을 읽는 독자들은, "뭐야, 코로나 바이러스 때문에 2년 넘게 국가 간 이동이 제한되고 모임도 못했단 말이에요?" 할지도 모르겠습니다. 하지만 그랬습니다. 가족 간 친구 간 만남도 금지되고, 병문안도 못 가고, 코로나 블루라는 말도 생겨났고, 코로나 걸려서 고생하고, 급하게 만들어진 백신 맞고 고생하고, 전 세계가 아수라였으니, 우리 보통 사람들의 삶이 얼마나 퍽퍽하고 피폐했을까요.

저자는 그해 12월부터 다음해 2월까지 '30년 뒤 딸에게' 편지를 써서 개인 SNS와 작가 플랫폼 브런치에 올립니다. 차곡차곡 쌓인 25편의 편지글을 보고 많은 이들이 위로를 받았다고 해요. 저자 또한 딸에게 한 말들이 결국 자신에게 하는 말이었음을, 또 글을 쓰는 과정에서 자신이 치유받았음을 알게 됩니다.

그리하여 한 달 후 다시 편지를 쓰기 시작합니다. 시즌 2의 편지는 중간 텀도 좀 길어서 거의 1년 만에 완성이 되는데, 1,2편의 편지 52편 중 32편을 골라서 책으로 엮었습니다.

세상 많은 엄마들과 딸들에게 (아빠와 아들들도 껴드릴게요) 토닥토닥해주는 편지 책이 되면 좋겠고, 또 많은 엄마들이 30년 후 아들과 딸에게 편지를 써보시면 좋겠습니다. 30년 후가 너무 길게 느껴진다면 20년 후도 좋고, 10년 후도 좋고요.

전 국민 프로젝트! 로 멋지게 번져나가길 두손 모아봅니다.

차례

편지
001

위로가 필요할 때
읽어보렴

프롤로그 ─ 13

너에게 하고 싶은 말 … 16
- 탄생의 비밀

인생이 뜻대로 되지 않을 때 … 25
- 인생에는 반전이라는 게 있지! 기대해보렴!

"어떻게 살 것인가?" 막막할 때 … 33
- 그럴 때는 죽음에 대해서 생각해 봐

극도로 미워하는 사람이 생겼을 때 … 42
- 그럴 때는 보란 듯이 더 잘 살아.
  그 사람을 지렛대로 삼아서 더 크게 성장하는 거야

너의 재능을 발견하기 힘들 때 … 48
- 너무 쉽게 가려고 하지 마. 네가 투자한 만큼 보이는 게 인생길이란다

관계에서 손해 보는 것 같아 속상할 때 … 54
- 관계에 있어서 정확한 계산은 하지 마라. 약간은 손해 봐도 괜찮아

책임감이 네 삶을 짓누를 때 … 63
- 힘들면 힘들다고 말해도 괜찮아

69 ⋯ 이유 없이 눈물이 날 때
- 그 눈물은 너 자신을 알아달라는 신호란다

76 ⋯ 선택의 갈림길에 서게 되었을 때
- 네 가슴이 하는 말을 들어라

83 ⋯ 세상에 혼자 남겨진 것 같이 외로울 때
- 외로움은 극복해야 할 대상이 아니란다. 그 시간을 최대한 이용해 봐

87 ⋯ "왜 나한테만 이런 일들이 생기는 거야?" 라는 생각이 들 때
- 너의 상처가 누군가에게 도움이 될 거야

95 ⋯ 죽고 싶을 만큼 힘이 들 때
- 목숨이 붙어 있으면 희망이 있단다

102 ⋯ 삶에 용기가 필요할 때
- 남들이 아니라고 해도 네가 선택한 것을 해나가는 용기가 필요해

108 ⋯ 지인의 갑작스러운 죽음으로 힘들 때
- 천국에는 아픔과 슬픔이 없다는 말이 위로가 되더구나

116 ⋯ 상대방에게 질투가 생길 때
- 찌질한 네 모습 인정해라. 더 쪼잔한 사람이 되지 않기 위해!

120 ⋯ 일상이 권태로울 때
- 권태기는 네가 열심히 살았다는 증거란다

127 ⋯ 에필로그

차례

편지
002

지혜가 필요할 때
읽어보렴

프롤로그 … 135

도전하는 일마다 실패한다면 … 140
- 시간을 좀 가져보렴

네 삶에 기적이 필요할 때 … 148
- 이성의 눈을 감고 믿음의 눈으로 바라보렴

결혼을 꼭 해야 하나 싶은 생각이 들 수도 있을 거야 … 154
- 네 인생의 중요한 결정을 다른 사람에게 맡기지 마

외로워서 결혼하고 싶은 생각이 든다면 … 160
- 결핍을 채우려고 하면 그 결핍 때문에 더 힘들어져

주변에 결혼할 사람이 없다면 … 168
- 멋진 사람을 만나려면 너부터 멋진 사람이 되어야 해

스스로 초라해 보인다면 … 174
- 너는 이미 너 자체로 충분히 빛난단다

행복하지 않다는 생각이 든다면 … 182
- 네가 먼저 행복해지기를 결심한다면 그때부터 행복해질 거야

어린 친구들과의 관계로 회사 생활이 힘들 때 … 190
- 지혜는 지식을 이기더라

196 ··· 헤어진 남자친구 때문에 힘든 순간이 온다면
- 네가 했던 가슴 아픈 연애 경험이 너를 더 좋은 사람에게 인도할 거야

202 ··· 돈 앞에서 비굴해질 때
- 그 서러움은 내가 극복하는 것이더라. 너의 서러운 상황들이 너를 일으킬 거야

210 ··· 가난이 널 힘들게 할 때
- 경제적으로 가난한 건 어쩔 수 없지만, 생각이 가난해서는 안 돼

216 ··· 아이를 꼭 낳아야 하나? 싶은 생각이 든다면
- 내가 지금까지 한 일 중에 가장 잘한 일이야. 하지만 선택은 너의 몫!

224 ··· 육아로 일을 그만둬야 할까 고민이라면
- 경제적 능력이 여자에게도 힘이란다

234 ··· 하고 싶은 일이 자주 바뀌어 생각이 많아진다면
- 자책하지 마라. 자신을 위한 고민을 계속하고 있는 너를 칭찬해

242 ··· 나이 때문에 할 수 없다는 생각이 들 때
- 괜찮아. 네 나이는 실패해도 괜찮을 나이야

250 ··· 뭐든지 늦어져서 조바심이 날 때
- 분명 가장 좋은 때에 가장 좋은 방법으로 결실을 보게 될 거다

257 ··· 에필로그

'위로'가 필요할 때 읽어보렴

프롤로그

사랑하는 법을 알게 해준 소중한 나의 딸 ♡

안녕? 엄마야.

지금 너는 7살이고 엄마는 엄마라는 타이틀을 단 지 7년이 되었구나. 엄마는 너랑 9살 사촌 언니들과 함께 매주 일요일마다 글쓰기를 하고 있단다.

이왕이면 독후감 대회를 목표로 해서 써보는 것도 재미있겠다 싶어서 찾아봤더니, '30년 후의 내 아이에게 보내는 편지' 라는 걸로 초등학생 글쓰기 대회가 있더라고. 아직 7살 9살인 너희들에게 함께 써보자고 했더니,

"애가 없는데 어떻게 편지를 써요!!!" 라고 쫑알거리는 모습이 정말 귀여웠단다.

"상상해서 한번 해봐!" 라고는 했지만, 상상조차 힘들어하는 너희들을 보면서 그럴 수도 있겠다 하는 생각도 들더라. 엄마도 그랬거든. 결혼을 하고, 아이를 낳아서 육아를 하다니, 그 상상하지도 못했던 일들을 엄마가 지금 하고 있구나.

그래서 엄마가 한번 써보려고 해. 30년 후 나의 딸들에게…
37살, 39살이 되어 있을 너희를 상상하면서 엄마가 써보려고.
그때 돼서 이야기하면 잔소리한다고 할까 봐, 미리 30년 전에
쓴다! 너희들과는 (잔소리가 아닌) 어른 대 어른으로 서로 존중
하면서 이야기를 많이 하고 싶은데, 그게 가능할지 모르겠다.

마흔이 넘어가니 이제는 좋은 소식이나 결혼 소식 보다 병원
입원 소식 + 장례 소식이 빈번히 들려오네. 인간의 삶과 죽음은
어쩔 수 없는 것 같아. 엄마 뜻대로 할 수 있는 것도 아니고, 조
금 이르긴 하지만 죽음에 대한 작은 준비로 네게 하고픈 말을
남기고 싶기도 해. 언제까지 쓰게 될지, 얼마만큼 쓰게 될지는
하나님만 아시겠지.

일상 속에서 '이건 나중에 우리 딸에게 꼭 해주고 싶은 말'이
라고 생각되면 그때마다 글로 써보려고 해. 엄마도 엄마의 기억
력을 이제는 믿지 못하겠거든. 안 좋은 일은 빨리 잊어버리려고
노력하는 엄마라 그런지, 덕분에 좋은 일도 빨리 잊어버리고,
가끔은 어제 일도 잊어버릴 만큼 그렇게 살고 있구나. 그래서
부지런히 적어놓으마.

30년 뒤 너를 위해…
그리고 30년 뒤 나를 위해…

정말로 우리가 30년 뒤 이 글을 함께 읽게 된다면 그땐 하나님께 깊은 감사의 인사를 하자꾸나. 그때까지 살아있어줘서 감사. 그리고 엄마는 이 글들을 믿고 네게 잔소리를 덜 했을 것 같으니 우리 사이가 나쁘지는 않을 것에 대한 감사. 엄마 딸로 태어나준 것에 대한 감사. 너의 엄마로 잘 살아온 것에 대한 감사. 그 외에도 많은 감사가 있을 거야. 우리 함께 감사 파티라도 하자.

분명 이 글을 다시 읽는 날에는 오늘을 그리워할 거야.
너무 그립지 않도록 하루하루를 충실히 살아볼게.

2020년 12월 4일에
2050년 12월 4일을 기약하며

15

너에게 하고 싶은 말

: : 탄생의 비밀 : :

언제가 될지 모르겠지만 세인이에게 꼭 하고 싶은 말이 있어.

우선 가장 하고 싶은 말은, 몇 번을 해도 질리지 않고 진짜 꼭 하고 싶은 말, "사랑한다."

엄마는 너를 낳기 전까지 '사랑'이라는 말에 대해서 잘 몰랐던 것 같아. 내 몸을 다 주어도, 내가 가진 모든 것을 다 주어도 아깝지 않은 사람이 있다는 게 얼마나 행복한 것인지 너를 통해서 알게 되었지.

너는 엄마 뱃속에 있을 때부터 엄마의 가슴을 졸이게 한 아이였단다. 늦은 나이에 임신한 게 가장 큰 원인이었을지도 모르겠다. 엄마는 건강에 대해서는 늘 자신만만했었거든. 운동도 열심히 했었고, 병원 신세를 져본 적이 한 번도 없었으니까 당연히 건강한 아이를 낳을 거라 생각했어.

그런데 병원에서 태아에게 다운증후군 증상이 보인다며 어떻게 할 거냐고 물었어. 양수검사를 하면 조금 더 정확하게 알 수 있다고 하면서 말이야. 이런 엄청난 이야기를 전화로 한다는 게 너무나도 당황스러웠어.

그 전화를 받고 왜 그렇게 눈물이 났는지 몰라. 너무 화가 나면서 당황스러우니 눈물밖에 안 나오더라고. 엄마의 이런 모습을 보신 회사 사장님이 이유를 들으시더니 힘들 텐데 빨리 집으로 들어가라 하셨어. 7년 전의 일이지만, 엄마는 그때 그 시간, 엄마가 입었던 옷, 그리고 사장님의 말투까지 정확하게 기억이 나는구나. 모든 것이 영화의 한 장면처럼 그대로 멈춰 있던 날이었지.

집으로 돌아와 '양수검사'를 검색해봤는데, 좋지 않은 이야기들이 훨씬 많았어. 양수검사를 했다가 양수가 새서 엄마와 아이가 잘못되었다는 글을 읽은 후 엄마는 양수검사를 하지 않기로 마음 먹었어.

내가 원해서 가진 너인데 엄마가 원하는 모습이 아니라는 이유로 내가 너를 지울 수는 없다는 생각이 들었어. 그건 엄마가 결정할 일이 아니었어. 혹시나 양수검사를 해서 네가 다운증후군이라고 판정이 난다한들 내가 어떻게 너를 지울 수가 있겠니. 네가 어떤 모습이건 너는 내 아이고, 내가 사랑해야 할 아이라고 생각했지. 그렇게 결정하고 나니 마음이 조금 안정되었어. 그리고 네가 엄마 뱃속에 있는 동안 이 사실을 아무에게도 알리지 않았단다. 혹시 외할머니나 이모들이 알게 된다면 수술하라고 할까 봐. 엄마도 연약한 사람이기에 그러면 흔들릴 수도 있을 것 같았거든.

이런 엄청난 비밀을 엄마 혼자 가슴속에 품고서 엄마가 얼마나 힘들었는지 아니? 가끔 생각날 때만 갔던 교회를 찾았단다. 네가 잘못될 수도 있다고 하니 정말 지푸라기라도 붙잡고 싶었어. 한 번도 나 이외에 다른 사람을 위해 기도해본 적이 없었는데, 처음으로 나 아닌 누군가를 위해서 기도했어. 너만 생각하면 왜 그렇게 눈물이 났는지. 내가 하나님이어도 엄마를 보면서 참 염치없다고 생각했을 것 같아. 무슨 일만 생기면 와서 기도하고 부탁하고… 하지만 그때는 염치고 뭐고 없었어.

"하나님, 이 아이만 건강하게 태어난다면 저의 남은 인생은 다른 사람들을 위해서 살겠습니다. 그러니 제발 이 아이만은 건강하게 태어나게 해주세요. 아파도 제가 아프게 해주시고요. 어딘가 잘못돼도 이 아이가 아닌 제가 대신 잘못되게 해주세요."

매일 눈물로 기도하면서 나는 저절로 모성애 가득한 엄마가 되어갔던 것 같아. 병원에 갈 때마다 어디어디가 안 좋은 것 같다고 했고, 초음파 사진을 찍을 때면 너는 등을 돌리고 있거나 발바닥만 보여주었단다. 게다가 갑자기 태동이 없어서 너는 예정일보다 한 달 정도 빨리 태어났어.

하루 전만 해도 태동이 있었는데, 정기검진을 받으러 가니 네가 좀 이상한 것 같다고 하더구나. 한 시간 정도 운동을 하고 오라는 말에 엄마는 병원 주위를 돌면서 제발 아무 일 없기를 기도했단다. 그리고 다시 검진을 받았는데 네가 움직이지 않는 거야. 선생님은 계속 이상하다 이상하다 하시며 또 운동을 하고 오라고 하셨어. 그때부터 엄마는 눈물 콧물이 범벅이 되어서 병원 밖을 돌기 시작했어. 두 번째 검사에서도 너는 태동이 없었고, 또 한 시간 정도 걷기운동을 한 후 세 번째 검사를 하고는 선생님이 그냥 바로 수술하자고 하시더라.

그렇게 너는 태어나는 순간까지 엄마 가슴을 졸이게 했단다. 그런데 이런 엄마의 온갖 우려와 걱정을 뒤로하고 너는 아주 건강하게 태어나주었어. 정말 얼마나 감사했는지. 이미 너는 그때 엄마한테 할 효도는 다 했구나!

네가 태어나면서 엄마는 모든 것이 바뀌었단다. 엄마는 아이를 좋아하는 사람이 아니었고, 계획한 대로 되지 않으면 엄청 힘들어하는 사람이었지. 그런데 육아는 계획이라는 것이 없더구나. 엄마도 엄마가 처음이라 어떻게 해야 하는지 몰랐지. 서툰 육아로 너와 하나하나 맞춰나가는 게 쉽지 않았어.

잠투정하는 너를 업고 동네를 하염없이 돌기도 하고, 어느 날은 이유 없이 우는 너와 함께 큰 소리로 울어버린 그런 미숙한 엄마였지. 네가 아프면 어떻게 해야 할지 몰라서 그냥 밤새 네 옆에서 낑낑댔던 엄마였어. 말도 통하지 않는 어린 아기를 어르고 달래려고 아기띠에 싸서 엄마 몸을 함께 흔들었단다.

엄마의 이런 모습을 쇼윈도를 통해 보고는 깜짝 놀랐던 적도 있어. 길거리에서 마주쳤던 아이 업고 다니던 동네 아줌마의 모습이 딱 거기 있지 뭐니. 화장기 없는 얼굴, 목 늘어난 셔츠, 아이를 둘러맨 모습이 영락없이 '나는 아줌마가 되더라도 절대 저렇게 하고 다니지 말아야지' 했던 그 모습이었어.

그때는 그 모습도 왜 그리 싫었던지 누가 볼까 잽싸게 집으로 뛰어들어 왔던 기억이 있어. 엄마는 그렇게 철없던 엄마에서 너와 함께 성장하는 엄마가 되었단다. 너를 통해서 진짜 사랑이라는 걸 알게 되었어. 그 전에는 보이지 않았던 것들이 보이게도 되었고.

엄마는 너라는 한 아이를 낳았을 뿐인데 그때부터 다른 아이들이 보이기 시작했어. 네가 태어나고 한 달 뒤 '세월호' 사건이 터졌는데 그때 엄마가 얼마나 울었는지 몰라. 호르몬 때문이기도 했을 거야. 엄마 된 지 겨우 한 달인 나도 이렇게 슬픈데, 그 아이들의 엄마들은 얼마나 힘들까 싶었지. 그전에는 수많은 사건 중에 하나였던 것들이 이제는 내 일처럼 마음이 아프더라.

엄마가 또 네게 감사해야 할 일이 있어. 결혼 전에 엄마는 엄마 얼굴만 보면 결혼하라고 하는 외할머니랑 관계가 불편했어. 외할머니가 말을 좀 직설적으로 하시잖니. 엄마는 그게 참 힘들더라고. "엄마는 나랑 맞지 않아" 하면서 짜증도 많이 냈었어. 그런데 너를 키우며 알겠더라. 외할머니의 마음을….

네가 이렇게 예쁘고 사랑스러운데, 정말 너에게는 뭐든 다 해주고 싶은 마음인데, 외할머니가 엄마를 바라보는 마음도 똑같지 않았을까? 엄마도 외할머니의 딸이잖아. 엄마가 엄마 되어보니 알겠더라고. 표현 방법이 다를 뿐이지 그 마음은 다 똑같다는 것을 엄마는 너를 키우면서 알겠더라고. 엄마한테 너는 정말 귀한 딸이잖니. 할머니도 그 마음으로 엄마를 바라보고 있다는 것을 이제야 알게 되었어. 외할머니의 인생을 뒤돌아보면서 외할머니도 여자로서 얼마나 힘들게 사셨는지 이해가 가더라.

제임스 티소 〈The Tale〉 1878~1880년 ———

결혼하자마자 남편이 사고를 당해 장애를 입었고 남편 대신 일을 해야 했던 외할머니서. 종갓집에 시집와서 딸만 셋을 낳았다고, 또 사람이 잘못 들어와서 아들이 다쳤다고 시어머니에게 온갖 구박을 받았지. 어렸을 때부터 그런 엄마 모습을 보며 자라면서도 '엄마'니까 더 이해하지 못했던 것 같아. 그러니 외할머니가 큰 딸인 나한테 기대했던 게 많았을 거야. 하지만 딸이 자신의 기대와 늘 반대로만 행동하니 어떻게 고운 말이 나오겠니. 그 마음을 이제야 알겠더구나. 이른 나이에 결혼해서 지금의 엄마보다 훨씬 더 어렸던 외할머니를 엄마가 참 많이 속상하게 했어.

너무 늦지 않아서 엄마는 늘 감사하고 있단다. 엄마가 외할머니한테 더 잘해줄 수 있는 시간이 있어서… 엄마가 뭔가를 해도 다 갚을 수는 없을 거야. 엄마가 너를 키워보니 알겠어. 내꺼 다 줘도 아깝지 않고, 줄 수만 있다면 내 심장까지도 꺼내줄 수 있음을 너를 통해서 알게 되었어. 그리고 엄마도 그렇게 사랑받고 자란 귀한 딸이라는 걸 알게 되었단다. 그래서 조금 더 자신감을 가지고 당당하게 살아가려고 해. 엄마는 사랑받고 있는 사람이니까….

이제는 처음 엄마가 너를 놓고 기도했던 것들을 지키면서 살아가려고 한다. 나를 위한 삶이 아닌 다른 사람들을 위해 엄마의 남은 인생을 쓸까 해. 이렇게 생각하게 해줘서 고마워. 다 네 덕이야.

한 가지 더 말하고 싶은 게 있어. 이 글을 읽고 네가 얼마나 귀하게 태어났는지 알게 됐지? 살면서 진짜 힘든 일들이 생겨날 거야. 그때 너의 탄생 스토리를 생각하렴. 네가 어떻게 태어나게 되었는지… 그리고 엄마가 너를 얼마나 사랑하는지… 너의 탄생으로 인해 한 여성이 자신의 남은 삶을 다른 사람들을 위해 살겠다고 결심했을 만큼 너는 가치 있는 존재라는 것을 잊지 말았으면 좋겠구나.

진짜 사랑한다, 내 딸.

인생이 뜻대로 되지 않을 때

: : 인생에는 반전이라는 게 있지! 기대해보렴! : :

어제는 수능시험일이었어. 2020년에는 엄청난 일이 있었단다. 코로나19라는 바이러스로 인해 전 세계가 마비되고 국가 간 도시 간 이동이 제한되었거든. 일상은 마스크를 쓰고 시작되었고, 모임도 인원 수를 제한해서 가능하게 했고, 학교 등교도 몇 달간 하지 못했어. 온라인 수업이 확대되었고, 수능시험마저 11월에 치러지던 게 올해는 12월로 연기가 되었구나.

오늘 신문 1면은 수능시험을 보는 딸과 엄마가 시험장 앞에서 꼭 끌어안고 있는 모습이 장식했어. 그 장면을 보니 왠지 코끝이 찡하지 뭐야.

엄마도 나이를 먹었나 봐. 한 장의 사진이 많은 것을 말해주고 있었어. 12년 뒤에는 엄마랑 너도 이러고 있겠지? 이제 몇 달 뒤 초등학교 입학을 준비하는 너를 두고 대학 입학을 상상하는 엄마도 웃기는 것 같다.

엄마는 말이야, 네가 건강하게 태어나준 것만으로도 감사하게 생각했어. 그런데 막상 네가 초등학교에 입학할 때가 되니까 나도 모르게 욕심이 생겼나 봐. 꿋꿋하게 엄마 소신껏 너의 이야기에 귀를 기울이면서 선택하겠다고 했지만 솔직히 주변 이야기에 흔들렸어.

그렇게 국립 초등학교에 원서를 넣었다가 떨어졌어. 교회 앞에 있는 학교라, 붙으면 이사 가는 것도 생각했는데 워낙 경쟁력이 센 곳이다 보니 추첨에서 떨어졌어. 결과 발표날, 떨어져도 붙어도 감사 기도를 할 수 있게 해달라고 기도했지만 막상 떨어지니까 서운하더라. 90명 뽑는 곳에 2,600명 이상이 지원을 해서 내심 쉽지 않겠다 생각했으면서도 엄마도 모르게 욕심 났나 봐. 그런데 너는 오히려 집 근처에 있는 공립학교에 가게 됐다고 좋아하더라. 친구들이랑 같은 학교 갈 수 있다며…. 순간 엄마는 조금 부끄러웠어. 너를 내 뜻대로 하려고 했던 것에 대해서.

앞으로는 엄마 뜻대로 하지 않을게. 너는 나이는 어리지만 지금껏 참 잘 해왔어. 네가 어떻게 했는지 엄마가 이야기해 줄게. 네가 세 살 때 엄마한테 발레학원에 보내달라고 하더구나. 사촌 언니들이 다니는 걸 보고 너도 하고 싶었던 것 같아. 그런데 엄마는 세 살 아이에게 학원은 좀 아니라고 생각했어. 그래서 "네가 다섯 살이 돼도 그 마음 그대로면 엄마가 보내줄게!" 하고 약속을 했지.

너는 다섯 살이 되자마자 엄마한테 "발레학원 보내줘!!" 라고 했고, 엄마는 약속을 지키려고 학원 등록을 해줬단다.

엄마 생각을 고집했다면 안 보냈을 거야. 다섯 살은 아직 한창 뛰어놀 때라고 생각했거든. 5세 아이에게 발레는 놀이 수준이라 그냥 가서 한 시간 잘 놀고 오면 좋겠다 하는 마음으로 보냈어. 그런데 너는 네가 하고 싶었던 걸 2년이나 기다려서 그런지 월반을 하더라. 결국에는 7세 언니들과 같이 발레 수업을 받는 너를 보면서 엄마도 생각을 바꾸었어.

지금은 코로나 때문에 수업에 참여하지 못하지만 아직도 엄마에게 발레학원을 보내달라고 하는 너를 보면서 좋아하는 일은 반드시 해야 한다는 것을 느꼈어. 그게 엄마가 원하는 일이건 아니건 네 선택이 더 중요하다고 생각해.

이런 일들이 몇 번 더 있었단다.

다섯 살 때 너는 영어유치원을 보내달라고 했지. 엄마는 너를 영어유치원에 보낼 생각이 전혀 없었어. 아직은 네게 돈 쓸 때가 아니라 생각했거든. (미안~) 그리고 엄마가 지금까지 들어왔던 소문에 따르면, 들어가는 돈에 비해 효과도 그닥 크지 않다 더구나. 차라리 그 돈을 모아놨다가 네가 정말 필요할 때 쓰는 게 낫다고 생각했어. 그런데 너는 이미 엄마 사용법을 아는 것 같더라. 엄마가 "일곱 살 돼도 그 마음이면 그때 가서 다시 생각해볼게" 했는데, 너는 이미 다른 사람들에게 "엄마가 일곱 살 되면 보내준대요!!!" 라고 말하고 다니더라고.

엄마는 너를 통해서 믿음이라는 것을 배웠다. 믿음이라는 것이 저런 것이구나.

능력 없는 엄마도 너의 믿음을 통해서 능력 있는 엄마가 될 수밖에 없었어. 이게 벌써 작년의 일이네. 엄마랑 너랑 손잡고 영어 유치원 방문도 해보고 커리큘럼도 보고 또 면접도 보는데, 너는 선생님께 아주 자신 있게 말하더라고.

"저는 여기에 오려고 2년이나 기다렸어요!!"

이런 너를 엄마가 어찌 보내지 않을 수가 있겠니. 솔직히 엄마는 올해 사업을 시작하려고 했어. 창업을 하면 일 년 정도는 수입이 거의 없을 텐데, 그러면 네가 원하는 유치원에 보낼 수가 없잖아. 엄청 고민을 많이 하고 주변에 조언도 많이 얻었단다.

다른 이유도 아닌 돈 때문에 엄마가 하고 싶은 일을 포기해야 한다는 사실이 무척 속상했어. 하지만 원하는 유치원에 가게 되어서 너무나도 좋아하는 너를 보면서 절대로 엄마의 마음을 보일 수가 없었단다. 그냥 다독거리면서 다음 기회를 만들 수밖에….

그런데 참 이상하지? 엄마가 입사하고 한 달 뒤 코로나19가 크게 번지면서 상황이 완전히 반전되었어. 만약 엄마가 엄마의 꿈을 이루기 위해 코칭센터를 오픈했다면 지금쯤 아마도 폐업 신청을 하지 않았을까 싶어. 코로나가 1년 이상 갈 거라고는 그때는 아무도 예상하지 못했거든. 이미 많은 사람들이 폐업을 하고 있고, 힘들어하고 있단다. 갑자기 엄마는 엄청 운이 좋은 사람이 되었어.

인생에는 반전이라는 게 있더구나. 내 뜻대로 되지 않아서 정말 속상했거든. 엄마가 오래 전부터 기획하고 준비했던 일이 뜻대로 되지 않아서 슬펐지만, 지금은 사장님께 감사한 마음으로 회사를 다니고 있어. 물론 너에게도.

너도 살아가다 보면 네가 계획한 거, 그리고 오랜 시간 준비했던 일들이 안 될 때가 있을 거야. 어쩌면 그런 일들이 더 많을지도 몰라. 그렇다고 계획 없이 사는 것은 더더욱 허망하단다. 지금 네가 가는 길에서 NO 라는 답변을 들을 때 그건 포기하라는 뜻이 아니야. 잠시 멈추라는 뜻으로 해석했으면 좋겠다. 그리고 다시 한 번 생각해 봐. 그 길이 네가 정말 원하는 길이었는지를… 그래도 그 길이 맞다면 어떻게 하면 할 수 있는지를….

지금 직장 생활을 하고 있다고 해서 엄마가 꿈을 포기한 건아니야. 오히려 직장 내에서 엄마의 꿈을 새롭게 꾸고 있단다. 예전보다 시간이 없으니 시간을 쪼개어 쓰고 있어. 다른 사람들에게 코칭으로 봉사를 하면서 코칭 스킬도 늘리고 있고, SNS 활동을 하며 엄마의 코칭 활동을 알리고 있단다. 급여를 받으면서 하고 있으니 마음이 조급해지지도 않고, 더 꼼꼼하게 준비할 수 있게 된 것 같아. 어쩌면 그전보다도 더 큰 꿈을 꾸며 새롭게 계획하고 있단다. 그래서 매일매일이 설레.

꼭 직선으로 가야만 좋은 건 아니란다. 우회하더라도 내가 가야 할 길이라면 언젠가 그 길을 가게 되고, 또 그게 더 좋을 수도 있어. 삶이 네 편이 아니라는 생각이 들 때 너무 심하게 좌절하지 않았으면 좋겠어. 네가 선택한 길이 다 맞는 길이 아닐 수도 있거든. 잠시 stop! 이라는 말을 들었을 때 오히려 감사 기도를 드릴 수 있는 여유를 가져보자.

솔직히 엄마도 어려워! 하지만 그렇게 했을 때 마음의 평안을 금방 찾을 수 있더구나.

———— 구스타브 카유보트 〈The Perissiories〉 1878년

어떠한 상황에서도 감사한 일은 있단다. 힘들 때일수록 감사한 일을 찾아보렴. 너무 교과서적인 이야기일 수도 있는데, 이건 진짜 엄마가 마음이 심란하고 인생이 흔들리고 있다고 느낄 때 자주 사용했던 방법이니 믿고 따라해봐도 좋아!

네 인생이 흔들리고 있더라도
응원하고 있을 엄마가

P.S.
겨울날 주머니에 손을 넣고 다니지는 않았으면 좋겠어.
어제 엄마가 퇴근길에 그러고 걷다가 넘어졌는데
온몸으로 아스팔트와 맞닿으니 진짜 아프더라.
양 무릎뿐만 아니라 얼굴까지 다칠 뻔했는데 다행히 그때 손이 나와주었어.
말로 하면 잔소리라 할까 봐 글로 쓴다! ㅎ

"어떻게 살 것인가?" 막막할 때
: : 그럴 때는 죽음에 대해서 생각해 봐 : :

"어떻게 살 것인가?"

요즘 엄마가 자신에게 가장 많이 하는 질문이야. 어른이 되면, 나이가 들면, 다시는 이런 질문을 하지 않을 줄 알았는데 40대인 지금도 하고 있는 걸 보면 삶이란 역시 결코 쉽게 풀리는 문제는 아니야.

어떻게 살아야 잘 사는 것일까? 궁금증이 생기니 책을 찾게 돼. 삶에 대한 책을 많이 찾아서 읽었어. 어느 책에서도 정확하게 답을 가르쳐주지는 않더구나. 삶이란 문제 자체가 정답이 없기 때문이겠지. 그런데 삶에 대해서 깊이 생각해 들어가보니 죽음이라는 것과 연결되어 있더라. 엄마는 어떻게 살 것인가를 생각하기 위해서 책과 사색을 통해서 좁혀나가고 있었는데, 어느새 삶은 죽음과 떼려야 뗄 수 없는 것임을 알게 되었어.

그래서 이제는 죽음에 관한 책들을 읽고 있어. 죽음이라고 하니까 처음에는 선뜻 손이 가지 않았지. 엄마가 감당할 수 없을 것 같다는 생각이 들어서였어. 인간은 태어나면 반드시 죽는다는 것도 알고, 엄마 또한 언젠가 죽는다는 것을 알지만 그것을 받아들이고 싶지 않았나 봐. 아니면 아직은 아니라는 생각이 들었나? 언제 어떻게 될지는 아무도 모르는데 말이야.

최근에는 《죽음의 에티켓》이라는 책을 읽었어. 그 책에 죽음에 대해서 아주 디테일하게 묘사가 되어 있더라. 사람이 죽으면 어떻게 되는지 정말 세포 하나하나를 옆에서 같이 지켜보는 느낌이었어.

작가는 엄마랑 나이가 비슷한 아저씨인데, 자신의 아이가 태어나면서 삶에 대해서 다시 생각해보게 되었고, 삶과 연관된 죽음에 대해서도 관심을 가지게 되었대. 이 점은 엄마랑 비슷해. 그러다가 작가는 죽음을 언급한 책들은 많지만 죽음을 가르쳐주는 책은 없다는 것을 알게 되었지. 그래서 자신이 직접 죽음에 관해 조사하고, 관련자들을 인터뷰하고 수많은 장례식에 참가하면서 죽음에 대해서 설명하기 시작했어. 논문이나 의학 책을 통해서 사람의 몸이 어떻게 죽어가는지에 대해서도 묘사해주었지. 그 책을 읽으면서 정말로 눈으로 죽음을 따라가는 듯한 느낌이 들더라.

가끔 뭉클한 느낌이 올라올 때면 눈물을 꾹꾹 찍어가며 읽기도 하고, 내 주변 사람의 죽음을 떠올리며 읽기도 했어. 그러다 지금까지 엄마는 어떻게 살아야 하는가만 고민했지 어떻게 죽어야 하는가에 대해서는 한 번도 생각해보지 못했다는 것을 깨닫게 되었지.

아직은 아니라는 생각이 너무 강했던 것일까? 사람 일이라는 게 어떻게 될지 아무도 모르는데 말이야. 지금 쓰고 있는 이 글이 엄마의 마지막 글이 될 수도 있다는 걸 왜 생각하지 못한 것일까? 만약에 그런 생각을 가지고 있다면 지금 쓰는 이 글이 정말로 소중하게 생각돼서 몇 번이고 수정하면서 계속 좋은 글을 쓰려고 할 것 같아.

아직도 죽음에 대해서 생각하면 울컥하고 눈물이 핑 돌지만 정말 작가의 말처럼 사는 것뿐만 아니라 죽음에 대해서도 생각해봐야겠다는 생각이 들었어. 태어날 때는 내 마음대로 태어날 수 없지만 죽음에 대해서는 그래도 내게 조금이나마 선택권은 있는 것 같아. 내가 미리 생각해 놓는다면 말이야.

엄마는 죽음에 대해서 깊이 생각해보지는 않았지만, 장기기증 서약은 해놨어. 이건 이미 네가 태어나기도 전부터 생각한 거야. 혹시나 그런 일이 없으면 좋겠지만 뇌사상태가 되었을 때 엄마의 장기 중에서 괜찮은 것들은 누군가에게 기증하기로 했단다. 이건 네가 미리 알고 있어야 할 것 같아.

그리고 조만간 사전연명의료의향서도 작성할 예정이야. (이 글을 쓰고 나서 작성했단다.^^) 질병 혹은 사고로 의식을 잃어 엄마가 원하는 치료 방법에 대해 스스로 선택할 수 없거나 말을 할 수 없게 될 경우를 대비하기 위함이지.

사랑하는 딸과 헤어진다는 게 무척이나 힘든 일이지만 엄마 또한 의식 없이 의료기기에 의해 목숨만 연명하기보다 엄마의 장기들이 조금이나마 더 잘 움직일 때 누군가에게 주고 싶단다. 이런 엄마 마음 이해할 수 있을까? 아니면 엄마의 마지막 자존심이라고 생각해줘.

엄마가 예전에 죽음 체험을 한 번 해봤거든. 죽음에 대해서 강의를 듣고, 유언장도 써보고, 실제로 수의를 입고 관에 들어가서 10분 동안 있어 보는 체험이었어. 누가 보면 별 체험을 다 하는구나 하겠지만, 엄마는 그 체험을 통해서 많은 것들을 깨닫게 되었단다.

세상 떠날 때 입는 수의에는 주머니가 없다고 해. 태어날 때 아무것도 없이 빈손으로 태어난 것처럼 죽을 때도 빈손으로 가는 것이지. 그리고 죽음에 대해서는 공평하대. 누구나 한 번은 죽는 것이고, 죽을 때 들어가는 관은 기업 회장님이라고 해서 엄마의 관보다 더 크지는 않다더구나.

네가 훨씬 어렸을 때 일이야. 엄마는 너를 키우느라 일을 그만둔 상태였지. 맞벌이에서 외벌이가 되었으니 아껴야 한다는 생각이 들었어. 무척 더운 여름이었는데 아이스커피 한 잔 사 먹으려고 하다가도, 집에 가서 먹지 뭐, 하면서 참게 되더라. 이렇게 작은 돈이라도 아끼고 모아서 나중에 멋진 집을 장만해야지 하는 생각을 했어.

그런데 그 체험을 하고 나서는 그렇게 보냈던 시간들이 조금 후회됐어. 엄마가 꿈꾸는 미래가 안 올 수도 있는데, 그 미래 때문에 현실을 무시하고만 살았던 거야. 만약 그때 엄마가 아이스커피 한 잔을 마셨더라면, 기분이 좋아지고 아마 네게도 조금은 더 친절하게 굴었을지도 몰라. 저녁 반찬이 달라지면서 아빠와의 사이도 좋았을 것이고, 또 뭔가 좋은 일로 연결되었을지도 모르지. 지금의 행복은 무시한 채 먼 미래에 매달려 사는 게 과연 옳은 일인가 하는 생각이 들더라.

죽을 때 아무것도 가지고 갈 수 없는데 다 늙어서 아무리 좋은 집을 마련하면 뭐 하니. 물론 나이 들어서도 집은 필요한 것이지만 지금 가장 젊을 때 좋은 추억을 하나 더 만드는 게 좋지 않을까 하는 생각이 든다. 이제 엄마는 죽어서 가지고 갈 수 있는 것에 대해서 돈을 쓰기로 했어. 너와의 좋은 추억도 많이 만들 것이고, 또 주변 사람들에게 좋은 일도 많이 하고 싶고. 조금은 더 가치 있게 돈을 쓰고 싶구나.

미안하지만 네게 물려줄 것도 생각하지 않을 거야. 대신 너와 함께 여행을 자주 갈 거고, 맛있는 음식도 많이 먹으러 다닐 거야. 이제는 엄마만을 위해서 살지 않을 거니까. 의미 있게 벌어서 보다 더 좋은 곳에 사용하자꾸나. 사람들을 살리는 일, 그리고 사람들을 도울 수 있는 일에 대해서 말이야. 대신 너에게는 멋있게 사는 엄마 모습을 가까이서 볼 수 있는 기회를 줄게!

엄마는 네게 돈을 물려주기보다 어떻게 살아야 하는지 그것을 몸소 보여주고 싶어. 엄마가 너 태어날 때부터 육아일기 쓴 거 알지? 너의 작은 것 하나라도 기록하고 싶은 마음도 있었지만, 그게 다는 아니란다. 육아일기에는 엄마의 실수, 엄마의 잘못된 점, 잘한 점, 그때의 엄마 생각들이 모두 다 적혀있단다. 분명 너도 언젠가는 엄마가 될 거잖니. 그때 엄마의 육아서를 보면서 엄마가 잘못한 점은 따라하지 말고 보다 좋은 것으로 고쳐서 하고, 엄마가 잘한 점이 있다면 그것을 보고 배웠으면 해. 아무도 현실 양육에 대해서 가르쳐주지 않거든.

그냥 바로 네 앞에 있는 엄마의 삶을 보고 네가 평가하렴. 그래서 엄마는 더 잘 살아야겠다는 의무감이 드는구나. 어떻게 살아야 할지 여러 책을 보면서도 도통 답을 찾지 못했는데 죽음에 대해서 찾아보니 어떻게 살아야 할지 감이 잡히는 것 같아. 이것 또한 정답이 아닐 수도 있어. 아니, 그럴 가능성이 훨씬 더 클 수도 있지.

하지만 정말 많은 도움이 되었단다. 분명 너도 엄마랑 똑같은 질문을 네 삶에 있어서 몇 번이고 하게 될 거야. 그때는 어떻게 살아야 하나?를 고민하면 답이 안 나올 거야. 그럴 때는 죽음에 대해서 생각해보렴. 어떻게 죽고 싶은지… 너의 어떤 모습을 사람들이 기억해줬으면 좋겠는지… 그리고 무엇을 가장 후회하게 될지 생각해보렴. 그러면 어떻게 살아야 할지 답이 조금 보이기 시작할 거야.

삶이란 정말 쉽지 않다. 한 번에 답을 찾으려고 하지 말고 여러 번 오랫동안 생각해보렴. 엄마는 아직도 모르겠어. 하지만

조지 던롭 레슬리 〈이상한 나라의 앨리스〉 1879년 ────

점점 그 답에 가까워지고 있는 기분은 들어. 우리 멋있게 죽자!
죽을 때 후회하는 일은 분명 있겠지만, 아쉬워하는 일은 없도
록⋯ 그렇게 살아보자.

어떻게 살더라도
너를 응원하는 엄마가

P.S.
혹시 이 글을 볼 때쯤에도 네가 X자로 젓가락을 하고 있는지 살펴봤으면 좋겠다.
물론 X자 젓가락질을 해도 밥 먹는데 상관없지만
어른이 돼서도 X자 젓가락질은 좀 그렇더라.
말로 하면 잔소리라 할까 봐 글로 남긴다!

극도로 미워하는 사람이 생겼을 때

:: 그럴 때는 보란 듯이 더 잘 살아.
그 사람을 지렛대로 삼아서 더 크게 성장하는 거야 ::

엄마가 드라마를 잘 안 보는데, 가끔 네 이모들이 "언니! 이건 꼭 봐야 해. 인생 드라마야!!" 라며 적극적으로 추천해주는 드라마는 날 잡아서 한꺼번에 본단다. 너도 알겠지만, 우리나라가 드라마를 정말 재미있게 잘 만들잖아. 한 번 빠지면 중독돼서 헤어나오기가 쉽지 않더라고. 그래서 일부러 보지 않으려 하는데 가끔 이렇게 주변에서 추천해주는 것은 꼭 보려고 해. 드라마가 삶의 낙이 될 때도 있더라고. 타인의 삶을 통해서 내 삶을 보게 되고, 또 엄마는 못하는데 드라마 주인공들이 찰지게 말하는 것을 볼 때 대리만족도 되고 말이야.

며칠 전에 본 드라마는 〈슬기로운 의사생활〉이었어. 거기서 한 장면이 엄마의 마음에 남더라. 간암에 걸린 여성이 남편에게 간 이식을 받고 치료 중이었어. 그런데 알고 보니 남편이 다른 여성과 바람이 나서 미안한 마음에 자신의 간을 떼어주었다는 거야. 정말 드라마틱한 내용 아니니? 그 여성은 너무 화가 나고 속상해서 더 이상 약을 먹지도 않고, 자신의 몸을 희생시켜 가면서 차라리 빨리 죽었으면 하고 바랐어.

더 이상 삶의 의욕이 없어진 여성에게 의사 선생님이 이렇게 말해주었단다.

"남편분이 큰 결심 해주신 겁니다. 간이식 해준 거, 그 의도가 뭐든 간에 정말 대단한 일 하신 거라고요. 목숨 걸고, 기증하신 거니까…. 그런 남편 이제 그냥 알아서 잘 살라고 하시고 이제 어머니 인생 사세요.

저도 와이프 바람 나서 이혼했어요. 밤새 일하고 열심히 살았는데 와이프가 제 친구 남편이랑 바람이 났어요. 처음에는 자존심이 상하고 남들 보기도 너무 창피하고 내 인생 왜 이렇게 꼬이나 싶어서 죽겠더라고요. 그런데 어느 날 갑자기, 시간이 아까웠어요. 걔 때문에 내 인생 이렇게 보내는 게 시간이 너무 아까웠어요.

어떻게 다시 찾은 건강인데, 남편을 위해서가 아니라 본인을 위해서 약 드시고 악착같이 건강 회복하세요. 어머니 인생이잖아요."

- 〈슬기로운 의사생활〉 7화 중에서 -

엄마에게도 이런 경험이 있었어. 너무나도 미운 사람. 미워하고 싶지 않은데 계속 미워하게 되는 사람. 그 미워하는 마음 때문에 엄마 스스로가 너무나도 힘들 정도로 미운 사람이 있었단다. 사람을 미워한다는 것도 쉬운 일이 아니야. 자신의 삶까지 깎아먹는 행위거든.

미워하는 것으로 그치는 게 아니라, 그 마음 때문에 삶이 피폐해지더라. 그게 심해지면 자기 자신까지 해치게 되지. 빨리 죽고 싶다는 생각이 들 정도였어. 누구한테 시원하게 말도 못하고, 이러고 사는 자신이 미워지는 거야. 나중에는 그 사람을 미워하는 건지 나 자신을 미워하는 것인지도 모르고, 정확히 그 사람이 왜 미운지도 모르게 되더라.

어느 날, 이러고 있는 내가 아깝다는 생각이 들었어. 그 사람 때문에 내가 속상해하는 시간이 아깝고, 죽으려고 했던 내 자신이 불쌍하더라. 나도 내 인생 살고 싶고 행복해지고 싶다는 생각이 강하게 들었단다. 그 사람 때문에 내 인생 망치고 싶지 않아 더 열심히 살았어. 아니 더 독하게 살았단다. 보란 듯이… 나도 잘 살 수 있다는 것을 보여주고 싶어서… 나도 괜찮은 사람이라는 것을 스스로 증명해 보이고 싶었어.

시간이 한참 흘러서 엄마 스스로 설 수 있게 되었을 때, 가끔은 그 사람이 고맙다는 생각이 들기도 해. 덕분에 좀 더 괜찮은 내가 된 것 같아서, 덕분에 하나님을 알게 되었고, 종교에 의지할 수밖에 없는 상황이 되어서, 그리고 마음의 평안을 얻는 방법과 삶을 살아가는 방법을 배운 것 같아서 감사하더라.

그렇다고 너도 엄마와 같은 경험을 해보라는 건 절대 아니야. 오히려 하지 않았으면 하는 바람이란다. 너무 힘든 경험이었기 때문에 내 딸아이에게만큼은 건너뛰게 하고 싶거든.

살다 보면 여러 사람들을 만나게 될 거야. 그 사람들 중에서 네 마음에 꼭 드는 사람도 있을 것이고, 어디 저런 인간이 있을까! 하며 네 속을 태우는 사람도 분명 만나게 될 거야. 그 사람 때문에 네 인생을 희생시키지 않았으면 좋겠어. 그 미워하는 마음이 너의 생명줄을 갉아먹게 놔두지 않았으면 좋겠구나. 미워하는 사람 때문에 네 인생을 망치는 그런 일은 제발 없었으면 좋겠다.

"툭툭 털고 일어나!" 라고는 못하겠다. 그게 턴다고 털리는 먼지도 아니더라. "미워하지 말고 사랑해라!" 라는 말은 더더욱 못하겠다. 나도 못했던 일을 네게 시킬 수는 없지. 피할 수도 없고, 감싸 안을 수도 없는 그런 사람 때문에 네 인생이 파괴된다면 더 억울할 거야. 그럴 때는 보란 듯이 더 잘 살아. 그 사람을 지렛대로 삼아서 더 크게 성장하렴. 그래야 나중에 그 사람도 그리고 너 자신도 용서할 수 있단다.

엄마도 그때는 어렸어. 마음도 좁았고, 엄마가 조금 더 이해심이 있었더라면 그 정도까지 되지는 않았을 것 같다는 생각도 드는구나. 인생은 정말 뜻대로 되지 않아. 열심히 살아도 그럴 수 있단다. 그때는 너 자신을 조금 더 사랑해주렴.

네가 힘들 때
힘이 되어주고 싶은 엄마가

P.S.
너 고기 먹을 때 소금을 너무 많이 찍어서 먹더라.
짜게 먹으면 몸에 안 좋은 거 알지?
말로 하면 잔소리라고 할까 봐 글로 쓴다. :))

—— 끌로드 모네 〈아이리스가 있는 모네의 정원〉 1900년

너의 재능을 발견하기 힘들 때

: : 너무 쉽게 가려고 하지 마.
네가 투자한 만큼 보이는 게 인생길이란다 : :

30년 뒤, 네가 이 글을 읽을 때쯤이면 너도 37살이겠네. 그때 엔 엄마도 손자 손녀를 안고 있을지 모르겠다. 그래도 전혀 어 색한 나이는 아니지. 며칠 전에 네가 엄마한테 이런 이야기를 해서 당황한 적이 있었어.

"엄마, 엄마도 할머니가 키워줬고, 나도 외할머니가 키워주니 까 엄마도 내 아이들 키워줘야 해!"

7살인 네게 이런 말을 들을 줄이야! 웃고 넘겼지만, 너의 논리 에 엄마는 깜짝 놀랐단다. "엄마한테 애 맡기려면 너 일찍 결혼 해야 해. 엄마는 나이가 많아서 네가 늦게 결혼하면 봐주고 싶 어도 못 봐줘!" 라고 대답했는데, 글쎄… 30년 뒤에는 엄마가 다 시 육아를 하고 있을지 궁금하네. 왠지 그때 되면 더 잘할 수 있을 것 같은 생각은 든다.

네가 엄마한테 아이를 맡기고 다시 일을 하게 될지 아니면, 엄마처럼 몇 년간 육아에 전념하기 위해 일을 그만두게 될지 모르겠다. 어떤 선택을 하건 엄마는 네 선택을 존중해. 엄마가 해봤는데 아이를 위해서 몇 년 동안 일을 그만두고 너와 함께 지냈던 시간도 엄마에게는 정말 좋았단다.

그동안 열심히 달려온 보상이라며 스스로를 다독였어. 그런데 그 시간이 생각보다 길어지니 초조해지면서 다시는 일을 할 수 없을 것 같은 불안감도 생기더구나. 많은 엄마들이 비슷할 거야. 어쩌면 너도 그럴 수 있고.

다시 일을 하려고 하니 정말 고민이 되었어. 무슨 일을 어떻게 시작해야 할지 모르겠더라고. 그동안 엄마는 좋아하는 일과 잘하는 일 둘 다 해봤거든. 정말 운이 좋은 케이스였지. 이제는 오랫동안 할 수 있는 일, 엄마가 좋아하는 일 그리고 그 일을 하면 행복감을 느낄 수 있는 일을 하고 싶어.

처음에는 쉽게 일을 찾을 줄 알았는데, 생각보다 어렵더라. 대학원을 나왔고 직장 경력이 오래되었다는 이유가 다른 회사에 쉽게 갈 수 없는 사연이 되었고, 아이를 위해 선택한 5년의 경력

단절도 쉽게 취업할 수 없는 이유가 되었지. 30년 뒤에는 이런 이야기가 생소했으면 좋겠어. 그때는 지금보다 훨씬 나아져서 엄마와 같은 상황들이 없기를 진심으로 바란다.

그래도 엄마가 했던 고민 중 이런 고민은 30년 뒤에도 계속 이어질 것 같아.

"도대체 나의 재능이 무엇인지 모르겠다!"

취업이 힘들고, 사업을 하려고 해도 내가 무엇을 잘하는지 모르겠으니 선뜻 나서기가 쉽지 않았어. 그래서 재능을 찾아보려고 여러 검사도 하고 테스트도 받아보고 했지. 내가 나 자신을 좀 더 잘 알기 위해서 말이야.

그런데 지금 생각해보면 엄마가 했던 그런 검사들이 그닥 나랑 안 맞은 것 같아. 그런 검사나 테스트가 나쁘다는 건 아니야. 그것을 통해서 나 자신에 대해서 통계적으로 알아간다는 것도 좋지. 하지만 정말 그건 통계일 뿐이고 참고용이지 그게 나의 전부를 알려주는 것은 아니라는 뜻이야.

엄마가 일을 찾았던 이야기를 해줄게. 엄마는 다시 회사로 가는 게 어려울 거 같아서 사업을 생각했단다. 그런데 무슨 사업을 어떻게 시작을 해야 할지 정말 모르겠더라. 그때 엄마는 엄마와 비슷한 사람들끼리 모여서 시작해보면 서로 시너지를 얻을 수 있지 않을까 해서 모임을 만들었어. 그래, 너도 알고 있는 '내 인생에 다시없을 1년 살기'라는 모임이지. 어떤 목표든 상관없이 자신의 가슴을 뛰게 하는 한 가지 목표를 가지고 1년 동안 살아보는 모임. 엄마는 '일 찾기'를 목표로 해서 계속 도전하고 노력했단다. 그러다 엄마처럼 다시 시작하기 어려워하는 사람들을 돕는 일을 하고 싶었고, 사업계획서를 써서 여성벤처 창업 케어 프로그램에 나가게 된 거야. 운 좋게 최종 우승자로 뽑혀서 거기서 엄마의 멘토이신 코치님을 만나게 되었고, 코치님 덕분에 코칭이 무엇인지 배우게 되었단다.

30년 뒤 엄마가 아직도 이 일을 하고 있을지는 모르겠어. 하지만 엄마가 말하고 싶은 것은 재능은 '찾는' 게 아니었다는 거란다. 재능은 '만들어가는' 것이라는 것을 네게 말해주고 싶어서 이렇게 길게 쓰고 있단다.

엄마가 처음부터 코칭을 하는 사람이었을까? 아니, 엄마는 코칭의 '코'자도 모르는 사람이었어. 처음 엄마가 이 글을 쓸 때 하나님과의 약속을 이야기한 거 기억하니? 너의 건강을 놓고 남은 삶은 다른 사람들을 위해서 살겠다고 했던 그 약속… 엄마는 기도했고, 결국 그 기도가 코칭으로 연결되고, 코칭을 통해서 사람들을 돕게 되었단다. 30년 후에 엄마가 코칭으로 유명해져 있을지는 모르겠구나. 하지만 유명해지지 않더라도, 아마 코칭을 통해서 사람들을 만나고 위로하는 사람은 되어 있을 것 같아. 엄마는 엄마처럼 힘들어하는 사람들을 돕고 싶어서 무료로 코칭을 해주기도 했어. 그게 연결 연결이 되어 많은 사람들을 만났고, 어느새 엄마는 코칭을 잘한다는 말을 듣게 되었단다.

엄마가 코칭에 재능이 있다는 것을 그때 알았어. 코칭을 시작한 지 4년 차때 알게 된 거야. 4년 동안 코칭에 관련된 수업을 듣고, 공부를 하고, 관련된 사람들을 많이 만났단다. 그리고 몇백 시간 코칭을 하다 보니 이제야 잘한다는 말을 듣게 된 거야. 누군가 그러더라. 10년만 해보라고. 어떤 일이든 10년 하면 전문가가 된다고 말씀해주셨어.

그때 알았어. 나는 재능이 아니라 지름길을 찾고 있었구나. 뭔가 빨리 성과를 볼 수 있는 일들을 찾으려고 했었구나. 그런데 인생에 지름길은 없다는 말이 맞더라. 내가 투자한 만큼 그 길이 보이는 게 인생이야.

혹시 우리 딸, 아직도 너의 재능을 찾지 못해 방황하고 있니? 엄마가 확실하게 말해줄게. 재능은 찾는 것이 아니라 만들어가는 거야. 네 인생에 있어서 기회건 재능이건 네가 만드는 만큼 생기는 거고, 네가 아무리 재능이 없다고 해도 그 길을 10년 동안 꾸준히 가본다면 재능은 생기는 거야. 딸아! 그러니까 기회가 없다는 말을 하지 마렴. 네 인생에 기회는 스스로가 만드는 거야. 네게 기회를 많이 주는 그런 재미있는 인생을 살았으면 좋겠다.

그리고 간절히 원하는 게 있다면 딱 10년만 해보고, 그래도 안 되면 그 길에 재능이 없다고 생각해도 돼. 분명 30년 뒤 네가 사는 세상은 지금이랑 많이 다를 거야. 하지만 이것 하나만은 기억해두렴. 인생에 있어서 지름길은 없다는 거!! 너의 재능을 스스로 만들어서 네 인생에 기회를 주며 재미있게 사는 네가 되었으면 좋겠다.

너의 재능을 기대하는 엄마가

P.S.
제발 방 좀 치우고 살자!
넌 정리하면 진짜 잘하는데
그때까지 기다리기에는 엄마의 인내심도 시간이 필요한 것 같다.
알지? 잔소리하기 싫어서 쓴다!

관계에서 손해 보는 것 같아 속상할 때

**: : 관계에 있어서 정확한 계산은 하지 마라.
약간은 손해 봐도 괜찮아 : :**

●

초등학교 들어가기 전, 사촌언니들이 풀었던 문제집을 받아서 연산 문제를 풀어보는 너. 숫자가 10을 넘어가면 "엄마! 손가락 좀 빌려줘봐봐" 하며 엄마의 손가락까지 접었다 폈다 하면서 계산을 하는데 엄마는 이 모든 게 신기하기만 하단다. 아기였던 게 엊그제 같은데 벌써 초등학교에 간다고 공부를 하니 말이야.

너의 돈 계산은 엄마를 웃게 한다. 백 원짜리 다섯 개와 십 원짜리 다섯 개는 얼마일까? 하는 질문에 오백만 오십 원이라고 답하는 너. 할머니가 천 원짜리 한 장을 주면 "이렇게 많이!!!" 하며 입을 쫙 벌리며 좋아하는 네 모습에 엄마도 금방 따라 웃게 되더라. 현금보다 카드 사용을 많이 보는 아이들에게는 더더욱 현금의 가치가 이해하기 어렵겠다는 생각도 든다.

지금은 돈 계산을 못하는 게 당연하고, 아직은 괜찮아. 초등학교만 들어가도 돈 계산에 정확해질 거야. 그런데 엄마는 말이야, 돈에 대해서는 공부를 해야 한다고 생각하는 사람이야. 단순한 돈 계산 말고 돈을 증식하는 방법이라든지, 투자하는 방법 등은 네가 확실하게 공부해야 되는 부분이라고 생각한단다.

버는 것도 중요하지만 잘 쓰는 것도 중요하다는 것! 어떻게 사용하느냐에 따라 돈이 네게 칼이 될 수도 있고 네 삶에 보탬이 될 수도 있단다. 양날의 칼을 가진 돈에 대해서는 꼭 공부해 보길 바래.

엄마는 책을 읽으면 늘 정리하는 습관을 가지고 있어. 지금 이 글을 쓰고 있는 시점에서 보면 거의 1000권이 다 되어가는데, 그 책들에서 공통점을 발견했어. 뭐냐면 성공한 사람들은 기버 (Giver)라는 거야. (《The go Giver》라는 책을 보면 Giver란 '대가를 바라지 않고 주고 또 주는 사람'을 말해)

모든 책들이 마지막에는 자신이 가진 것을 나눌 줄 아는 사람이 되라고 하더구나. 왜 그들은 그런 말을 할까?

물론 돈을 많이 벌어서 나 혼자서 쓰는 게 아니라 사회에 좋은 일도 하면 좋지. 보람도 되고. 하지만 단지 보람을 얻기 위해서 수많은 사람들이 똑같은 말을 하지는 않을 거야. 그렇게 말하는 데는 분명 이유가 있다고 생각해.

참 이상하지 않니? 왜 Giver가 성공하는 것일까? 그 사람들은 돈이 많아서 나누는 것일까? 처음에는 엄마도 그렇게 생각했어. 원래 가진 것이 많으니까 줄 수도 있는 거 아닌가 하고. 가진 게 많으니까 어떤 일을 해도 성공할 확률이 큰 게 아닐까 하는 생각. 이런 게 일반적인 사람들의 생각이지.

엄마는 이런 말을 회사 사장님한테도 들었단다. 사장님도 그 분야에 있어서 성공한 분이시거든. 그런데 똑같은 이야기를 해 주시는 거야. "많이 베풀어라. 네가 가진 것을 다 주어라. 어떻게 하면 그 사람이 성공할 수 있는지를 생각해라."
처음에는 그냥 잔소리처럼 여겨졌던 말인데 책에서도 같은 말을 하고 있다는 것을 알게 되었어.

"Giver가 바로 성공 방법이구나!!!"

엄마가 모임을 만들 때, 처음에는 어떻게 해야 할지도 몰랐고, 인간관계를 위한 황금률이 있다는 것도 몰랐단다. 매월 첫째 주 토요일 아침에 모였는데, 모인다는 것 자체가 쉽지 않더라. 다들 어린 아이를 키우는 엄마들이고 일하는 엄마 혹은 가정을 돌보는 엄마들이라 자신을 위해 시간을 낸다는 게 쉽지 않았지. 하지만 한 달에 한 번만큼은 자신을 위해 시간과 돈을 투자할 줄 아는 그런 여성이 되고 싶었던 거야.

정말 좋은 모임을 만들고 싶었다. 그래서 이분들을 위해 내가 할 수 있는 일이 무엇일까 생각했지. 그때 그 말씀을 생각해낸 거야. 내가 받고 싶은 대로 이 분들을 대접하면 되겠구나….

남에게 대접을 받고자 하는 대로 너희도 남을 대접하라.

_ 누가복음 6장 31절

그래서 장소도 가장 좋은 곳으로, 커피 한 잔을 마셔도 그 자리에서 바로 내린 커피로, 빵 하나를 사더라도 갓 구운 빵을 대접했고, 한 달 동안 읽은 책 중에서 가장 좋았던 책을 선물하며 어떻게든 가장 좋은 것들로 대접하려고 했단다.

모임을 통해 엄마가 얻는 수익은 0원이야. 처음부터 수익을 내려고 만든 모임이 아니었거든. 엄마처럼 자신의 환경을 바꾸고 싶고 무언가 달라지고 싶은 사람들이 함께 서로 도와가며 윈윈할 수 있는 그런 모임을 만들고 싶었기 때문에 수익보다 모임 자체에 더 신경을 썼단다.

사람들은 커뮤니티를 만들면 어떻게든 그 안에서 수익 거리를 찾아내려고 해. 처음에는 다 퍼주는 듯하다가도 나중에는 결국 수업료를 받든가, 회비를 받아서 그 안에서 자신의 수익을 만들기도 하지. 그런 원리를 몰라서 안 했던 건 아니야. 그런 모임에 질렸기 때문에 다른 모임을 만들고 싶었단다.

어떻게 하면 함께하는 사람들을 세울 수 있을까를 고민했어. 그리고 그들의 장점들을 눈여겨보다가 그 사람들을 앞에 설 수 있는 기회를 만들었단다. 물론 엄마 혼자서 한 일들은 아니야. 함께였기에 가능했던 일이지.

한편으로 보면 엄마한테는 손해였는지도 몰라. 엄마의 시간과 비용이 들었으니까. 신경 써야 하는 부분도 많았고, 고민해야 하는 부분도 많았으니 더하기 빼기를 하면 아마도 마이너스였겠지.

그런데 말이야, 참 이상하더라. 분명 마이너스여야 하잖아. 엄마는 주는 사람이니까. 그런데 그게 아니더라고. 엄마는 그분들 덕분에 더 재미있는 일들을 많이 벌이는 사람이 되었어. 회사를 다니면서 팟캐스트도 하고, 쇼핑몰도 하고, 또 모임을 통해 책을 써서 작가가 되었어.

엄마가 만약 혼자였다면 절대로 할 수 없는 일들이지. 매년 1월에 발표하는 비전보드를 보면서 어떻게 하면 그들을 성장시킬 수 있을까, 내가 어떻게 하면 도와줄 수 있을지 생각해봤어. 누군가를 행복하게 한다는 건 생각하는 것만으로도 기분 좋은 일이란다.

누가 시켜서 한 일이라면 못했을지도 몰라. 그냥 그 사람들이 좋아서, 더 잘 되었으면 하는 바람으로 한 행동들이었어. 엄마는 정말 엄마가 받고 싶은 대로 그 사람들을 대했거든. 가장 좋은 것으로, 가장 좋은 장소에서, 가장 맛있는 것으로.

내가 할 수 있는 최선의 것으로 대했더니 그분들 또한 엄마한테 최선의 것을 주셨어. 이런 것들이 쌓이면서 인생이 점점 재미있어졌단다. 모임 덕분에 강의도 할 수 있었고, 강연하는 방송에도 나갔단다. 또 독서를 위한 모임은 아니지만, 모임 안에서 책도 많이 읽고, 나눔과 선물을 했더니 13명의 작가를 배출한 모임이 되어 있더라고. 덕분에 서울시에서 주최하는 책 읽는 대한민국 독서 동아리 대상도 받는 영광을 얻었지.

성공이 무엇인지는 정의하는 사람마다 다를 것 같아. 누군가는 돈을 많이 버는 것이 성공이라고 할 것이고, 높은 지위에 올라가는 사람이 성공했다고 할 수도 있지.

엄마가 최근에 읽은 책을 소개해볼게.

《빌 캠벨, 실리콘밸리의 위대한 코치》라는 책에는 "나와 함께 일한 사람들이나, 내가 어떤 방식으로든 도움을 준 사람 중에서 훌륭한 리더로 성장한 사람이 몇 명인지"가 성공을 측정하는 방법이었어. 엄마도 빌 캠벨처럼 리더를 키우는 코치가 되고 싶다는 꿈이 추가되더라. 그래서 그것을 엄마의 성공 방법으로 삼았어.

30년 뒤 엄마가 얼마나 많은 사람들을 만나고, 얼마나 많은 사람들을 리더로 만들었을지 모르겠구나. 분명한 건 아마도 30년 후에도 코칭을 하고 있지 않을까 하는 거야. 이 글을 너와 함께 읽을 때쯤 한번 세어보고 싶어.

살아가면서 많은 사람들을 만날 거야. 사람들 때문에 힘들 수도 있고, 그 사람들 때문에 행복을 느낄 수도 있단다. 사람들 간의 관계란 쉽지 않음을 미리 이야기해두마. 하지만 이 법칙 하나는 기억해두렴. "네가 받고 싶은 대로 다른 사람들을 대한다는 것." 이것은 아주 오랫동안 내려온 진리란다.

"많이 베풀어라. 네가 줄 수 있는 한도 내에서 가진 것을 다 주어라. 어떻게 하면 그 사람이 성공할 수 있는지를 생각해라."

엄마도 엄마 사장님께 들었던 말을 네게 똑같이 하고 싶구나. 분명 손해 보는 것 같다는 기분이 들 거야. 하지만 뒤돌아보렴. 네가 주었던 것들, 베풀었던 것들이 다른 모습으로라도 네 뒤에 와 있을 거야.

항상 그런 Giver의 정신을 가지고 살았으면 좋겠다.

나의 모든 것을 네게 다 주어도
아깝지 않은 엄마가

P.S.
양치질할 때 너무 힘주고 닦으면 나중에 엄마 나이 때쯤 이가 시리더라.
엄마도 외할머니한테 정말 많이 듣던 이야기인데,
잔소리라 생각하고 무시했더니 이런 고생을 하네.
잔소리라 생각하지 말고, 꼭 명심해라!

앙리 리바스크 〈Lecture〉 ───

책임감이 네 삶을 짓누를 때

: : 힘들면 힘들다고 말해도 괜찮아 : :

요즘 엄마는 가벼운 에세이를 많이 읽고 있단다. 그동안 자기계발서, 경제서 위주로 읽다가 에세이에 한 번 꽂히니까 사람들이 왜 에세이를 읽는지 알겠더라고. 일상에서의 감정들을 무시하고 살았는데, 이렇게 디테일하게 표현하는 사람들이 있었네. 처음에는 신선했고, 두 번째는 나와 다른 그들의 생각들을 계속 읽고 싶었고, 세 번째는 그들의 감정을 같이 느끼게 되더라. 당분간 엄마는 에세이의 매력에 푹 빠질 것 같아.

요즘 코로나로 사람들이 힘들어서 그런지 위로하는 내용의 에세이들이 인기가 많아. 엄마가 이런 글들을 읽으면서 들었던 감정은 "와~ 사람들이 정말 솔직하구나"였어.

보통 우리는 자신의 우울함이나 힘든 걸 잘 티를 안 내려고 하잖아. 누가 시킨 건 아니지만, 자신도 모르게 밝은 면만 보여주려고 하지. SNS의 사진들만 봐도 다 행복한 표정, 밝은 모습들뿐이야. 그런 것들을 너무 많이 보니까 약간 지치기도 한 게 사실이거든.

그래서인지 에세이에서 '나 우울해요' '힘들어요' 하는 감정들을 솔직히 드러내니 좋더라. 힘들다고 해서 더 이상 숨기지 않고 오히려 솔직하게 자신의 감정을 드러내는 게 좋다고 생각되었어.

책 속 에피소드 중 이런 게 있었어. 아이는 떼를 부리고 엄마는 몇 번이고 노력하는데 잘되지 않고, 찬장 속에 있는 무언가를 꺼내려다가 깨지는 바람에 유리 조각이 바닥을 덮은 거야. 아이는 그 소리에 더 놀라고, 엄마는 아이를 달래려고 가다가 유리 조각에 발을 찔리게 되지. 피를 질질 흘리면서 아이를 데리고 방으로 들어갔대. 그런데 순간 자신의 그런 모습이 처량하게 느껴지는 거야. 그래서 아이와 함께 울었다는 내용이었어.

여기까지는 엄마랑 똑같은 경험이었어. 엄마도 너랑 그런 적이 있었거든. 책을 읽는 순간, 잊고 있었던 기억이 떠오르는 거야. 맞아, 그때 나도 너를 달래려고 가다가 유리를 밟는 바람에 피가 철철 났었더랬지. 그런 너를 안고 다른 방으로 가서 달랬단다. 그리고 네가 잠잠해져서 엄마 발을 살펴봤는데, 피는 많이 났지만 깊이 다치지는 않은 것 같아 간단히 치료한 후에 유리 조각들을 치웠어. 그러면서 복잡하게 흩어져버린 그 유리 조각들이 내 마음 같아서 치우면서 계속 울었던 기억이 나.

많은 이들이 한 번쯤 이런 경험을 했을 거야. 그런데 작가의 그후 행동은 조금 달랐어. 남편한테 문자를 보내더라고. 자신의 상황을 이야기하고 집에 들어와서 유리 조각 좀 치워달라고. 그리고 아이와 함께 푹 쉬면서 감정을 다스렸다고.

어쩌면 평범한 육아일기 중 한 편이었는지도 모르는데 엄마는 왜 그 글이 유독 마음에 남았을까?
엄마는 그 유리 조각 치우는 걸 한 번도 다른 사람에게 부탁해야겠다는 생각을 안 했다는 게 더 놀라웠단다. 그때 분명히 나도 힘들었는데, 그게 뭐라고 아픈 발을 쩔뚝거리면서 치웠을까. 왜 내 감정을 먼저 돌본다는 것을 생각조차 하지 못했을까? 하는 생각이 문득 든 거야. 엄마는 어떻게 감정을 드러내야 할지 몰랐던 것 같아. 아니, 그러면 안 되는 줄 알았어.

코로나 초창기 때 1년살기 모임에서 한 분이 "코로나 때문에 힘들어요!" 라는 말을 했어. 그때 신선한 충격이었단다. 너무나도 조용한 분이었는데, 솔직하게 자신의 감정을 이야기해주니 좋았어. 그래, 저렇게 자신의 감정을 그대로 드러내는 것을 왜 나는 하지 못했을까? 앞에 서는 사람이었기 때문에 더 그랬나? 아니면 나는 힘들다고 말하면 안 되는 사람이었나?

실은 그때 엄마도 매우 힘들었단다. 처음 겪어보는 팬데믹으로 인해 달라지는 세상이 무서웠고, 외출 금지와 언제 감염될지 모른다는 두려움에 하루하루가 무척 길었거든. 시간이 지나면 좀 나아질 줄 알았지만, 1년이 넘어가니 오히려 더 삶이 무겁더라고.

나는 종교가 있는 사람이라 그러면 더 안 된다는 생각이 강했나 봐. 나는 엄마니까, 나는 장녀니까 더 잘해야 한다는 무게감에 힘들다는 말 한마디 못했어.

언젠가부터 "힘내!"라고 말하는 사람들에게 욱하는 감정이 올라오더라. 나는 지금도 힘내서 살고 있는데 힘들다고 하는 내게 자꾸 힘내라고 하니 짜증이 나다 못해 화가 났던 적도 있었어. 그래 놓고선 혼자 미안해하고 자책까지 했었구나. 나를 응원해주는 사람에게 내가 그랬다니… 아마 계속 참고 누르고 있었던 감정들이 그때 한 번 터졌던 것 같아.

시간이 흘러 그때를 돌아보니 아무도 나에게 그런 책임을 지워주지 않았는데 엄마 혼자 그랬더구나. 누구라도 힘든 일이 있을 때 그런 감정이 들 수도 있단다. 다만 엄마는 스스로가 "그러면 안 돼!"라고 하면서 감추었던 거고.

엄마 보기에 너도 엄마를 참 많이 닮았어. 선생님이 내주는 숙제를 모범적으로 하고, 실수하는 자신을 크게 자책하고, 선생님 말씀 한마디에 무섭게 바꾸는 너를 보면서 아직 어리니까 그러는 거다 싶기도 하면서 어쩜 이런 면까지 엄마를 닮았을까 하는 생각도 든단다.

지금의 엄마는 그때 그렇게 힘들어했던 나 자신에게 이렇게 말해주고 싶다.

"그러면 좀 어때? 힘들면 힘들다고 말해도 괜찮아. 누군가에게 네 일을 부탁해도 괜찮아. 네가 건강해야 다른 사람들도 돌볼 수 있어."

유독 나 자신에게 더욱 매서운 잣대를 들이대고 사는 것 같아. 자신을 위로할 줄 모르는 사람은 다른 사람들을 위로할 수 없단다. "다른 사람들은 괜찮은데, 나는 실수하면 안 돼!"라는 생각도 참 무서운 생각이야.

가장 먼저 너 자신을 사랑해주렴. 너 자신을 용서해주고, 괜찮다고 말해줘. 자기 자신에게 괜찮다는 말 한마디를 할 줄 아는 사람이 되었으면 좋겠다.

엄마는 엄마의 감정을 너무 무시하면서 살았던 건 아닌가 하는 생각이 들었단다. 내가 나를 위로할 줄 모르고 살았어. 어제 오늘 읽었던 책들이 나를 뒤돌아보게 하네. 책임감을 느끼고 사는 건 참 좋아. 하지만 그것이 네게 무거운 짐이 되지는 않았으면 좋겠다. 힘들면 힘들다고 말하고, 누군가의 도움을 받아도 괜찮아.

솔직한 너의 모습도 사랑하는
엄마가

P.S.
아직도 옷을 뱀 껍질처럼 벗어 놓지는 않겠지?
그런 건 그때그때 정리하는 게 좋아.
말로 하면 잔소리라고 할까 봐 글로 쓴다!

이유 없이 눈물이 날 때

:: 그 눈물은 너 자신을 알아달라는 신호란다 ::

요즘 엄마의 눈물샘이 고장이 났나 봐. 감수성이 예민해진 것일까? 강연을 듣다가도 눈물이 나고 혼자 있을 때도 눈물이 나는구나. 양쪽 눈에 수도꼭지를 튼 것처럼 눈물이 솟아나오니 이야기한 사람도 민망하고, 혼자서 울고 있는 내 모습에 나조차도 민망할 때가 있어.

지금까지 내게 주어진 것들이 힘에 부쳐서 내 감정 따위는 돌보지 않고 앞만 보고 살았는데 이제는 조금 여유가 생긴 것인지도 모르겠어. 가슴 한구석이 아릴 때가 있어. 가슴이 답답하고 명치끝이 저릿할 때도 있고, 소화가 잘 안 되는 것처럼 거북하고, 끝도 없이 트림이 나와서 민망할 때도 있네. 사춘기도 심하게 겪었는데 혹시 갱년기가 일찍 찾아온 것일까?

며칠 전, 강연을 들으면서도 엄청 눈물을 흘렸어. "인간의 행동에도 지문이 있다" 라는 강연자의 말을 듣고 그렇게 눈물이 나더라고. 나조차도 모르는 나의 지문이 나의 행동으로 나오게 된다는 것이지. 누군가는 그것을 물건으로 채우려고 하고, 누군가는 성과로, 또 누군가는 사람으로 채우려고 한다는 거야. 이 행동들은 결국 위로받고 싶고, 인정받고 싶고, 사랑받고 싶다는 인간의 마음이라며.

엄마가 요즘 새벽 4시 반에 일어난단다. 아침에 일어나는 게 쉽지는 않아. 더 자고 싶고 또 요즘처럼 추운 날이면 따뜻한 이불 속이 더 포근하게 느껴지지. 하지만 일어나서 새벽 루틴을 시작해. 새벽에 말씀을 읽고 묵상하고 그것을 글로 남기지. 이렇게 마음과 머릿속을 정리하고 하루를 시작하면 그날은 왠지 보람되게 느껴져. 하루를 쪼개서 산다고 해도 과언이 아니야.

점심시간까지 아끼고 싶은 마음이 간절해. 특별한 약속이 없으면 혼자서 자리에 앉아 좋은 강연을 찾아서 듣는단다. 이렇게 글도 쓰고. 저녁이면 집으로 돌아와 밥을 먹고 그다음부터는 자기 전까지 너와 놀아주거나 숙제를 봐주거나 하지. 코칭이 있는 날이면 너를 무릎베개해서 재우면서 코칭하고, 끝나면 기절하듯 잠을 잔다.

사람들은 엄마에게 말해.

"어쩜 그렇게 열심히 살아요?"

"피곤하지 않아요?"

타인에게는 인정받는 사람인지 모르겠지만 나 스스로에게는 늘 부족하고 만족할 줄 모르는 사람이야. 엄마는.

강사님의 이야기를 듣고 그냥 눈물이 났구나. 흐르는 눈물을 주체할 수가 없어서 부끄러울 정도로 소리 내어 울었어. 왜 우는 줄도 모르고 그냥.

생각해보니 나의 행동들은 사랑받고 싶고, 인정받고 싶고, 외롭다는 나의 지문이었구나. 내면의 깊은 곳을 알게 되면서 그 행동이 안타깝게 느껴져. 그래서 그렇게 눈물이 났나 봐.

무엇이 나를 이렇게 외롭게 했을까? 삶은 나만 힘든 것이 아닌데….

차 안은 마치 동굴같아서 엄마 혼자서 마음 편안하게 울 수 있는 공간이야. 울다가 그전에 울었던 눈물 자국을 보면서 더 크게 울어도 괜찮은 나만의 공간이지. 운전하면서 미친 사람처럼 내가 나에게 소리 내어 질문했다.

"뭐가 너를 그렇게 힘들게 했니?"

"나는 열심히 산다고 살았는데 내게 남는 게 없더라. 나는 크리스천이라서 믿음으로 다른 사람들에게 해코지하지 않고 살았는데 사람들이 내 뒤통수를 치더라. 그게 마음이 아팠어."

"그래서 속상했니?"

"응. 나는 내가 사는 방법이 맞는다고 생각했는데 현실은 아닌 것 같아서 속상해."

"그래서 어떻게 했는데?"

"어떻게 할 수 없어서 받아들였어. 그런데 오늘 아침 큐티 말씀이 나의 원수를 사랑하고 그를 위해서 기도하라고 하더라. 솔직히 사랑할 수는 없을 것 같고, 그런 마음을 갖는 것도 거짓말인 것 같아서 나를 위해 용서하기로 했어. 이기적일지 모르겠지만 정말 그게 사실이거든. 그리고 그 사람을 만나기 바로 직전 차 안에서 그 사람을 위해 기도해줬어."

"이 문제는 해결이 된 것 같네. 그럼 널 또 힘들게 하는 게 뭐가 있니?"

"이런 문제가 있을 때 마음을 나눌 사람이 없어. 어렸을 때부터 나는 내 문제들을 스스로 해결할 수밖에 없었어. 부모님도 여유가 있는 분들이 아니었기 때문에 내가 말을 하면 서로가 마음이 아플 것 같아서 꺼내지 못했어. 그리고 동생들에게도 언니로서 아프고 힘든 이야기를 하지 못했어. 언니니까…."

"네가 말한 것 안에 답이 있다고 생각하지 않니? 너는 지금까지 그렇게 잘 해왔잖아. 네가 그들에게 짐을 주기 싫어서 말을 안 한 거지 그들이 들을 준비가 되지 않은 건 아닌 것 같아.
그리고 너에게는 힘이 있어. 너 해외에서 돈 한 푼 없이도 잘 버텼잖아. 지금까지 살면서 이런 경험이 다른 사람보다 많았잖아. 그런데 어떻게든 해결했잖아. 그러니까 너 자신을 믿어 봐. 그리고 기도해. 네가 믿는 신에게 기도해 봐. 너 아침마다 기도하잖아. 그리고 신이 너를 어떻게 이끌어가는지 기대해보자."

이렇게 차 안에서 혼자 묻고 혼자 답했단다. 차에서 내릴 때는 다시 화장을 고치고 마치 아무 일도 없었다는 듯 멀끔한 모습으로 다시 하루를 시작했어. 개운하고 시원하더구나.

사실 진짜 속상한 일은 따로 있었어. 하지만 나의 내면을 들여다보니 이미 그건 법적으로 어떻게 할 수가 없는 부분이어서 내려놓은 상태였는데, 그러면서도 나는 그것 때문에 혹은 그 사람 때문에 내가 기분도 안 좋고 화가 났었다고 생각했어.

  하지만 나와의 대화를 나눠보니 내가 진짜 눈물이 나는 이유는 누군가에게 인정받고 싶고, 사랑받고 싶어 하는 내 마음의 외로움이었다는 걸 알게 되었어.

  내가 나의 감정을 너무 몰라주었어. 이유 없이 눈물이 날 때는 너 자신과 대화해보렴. 너만의 장소에서 말이야. 때로는 이런 행동들이 부끄럽기도 하단다. 나 자신과의 대화에서는 정말로 진솔하게 이야기하게 되잖니. 엄마도 그랬어. 나는 이타주의자로 산다고 살았는데, 결국에는 나 자신을 위해서 타인을 용서하는 이기주의자였더라고. 이렇게 부끄러운 내 모습을 알아가면서 스스로 안아줄 수 있게 되는구나.

  너 자신을 사랑해주렴.
  자신을 사랑해야 남도 사랑할 수 있는 거란다.

  우리 딸이 진심으로 자기 자신을 사랑해주고,
  아껴주기를 바라는 엄마가

—— 제임스 티소 〈캐서린 스미스 길 부인과 두 아이의 초상〉 1877년

선택의 갈림길에 서게 되었을 때

:: 네 가슴이 하는 말을 들어라 ::

요즘 함께 마트에 가면 엄마보다 네가 더 분주하게 움직이는 것 같더라. 엄마는 늘 살 목록을 머릿속에 넣어가지고 가니까 딱히 시간 걸릴 게 없는데, 우리 딸은 군것질도 잘 안 하면서 뭘 그렇게 갖고 싶고 먹고 싶은 것이 많은지. 사다 놓고 먹으면 다행인데 늘 사는 재미만 즐기는 것 같아 엄마가 요즘 잔소릴 좀 하게 돼. 너도 느끼지?

그래서 엄마가 "그중에 딱 한 개만 사"라고 하면 너는 "엄마~ 너무 어려워! 어떻게 한 개만 골라!!"라며 귀여운 표정을 짓지. 그 모습이 귀여워서 다 사줬다가 집에 뜯기만 하고 그대로 놔둔 사탕이며 장난감이 들어 있는 과자들이 점점 늘어나기만 하는구나.

진짜 다음부터는 엄마도 안 봐줄 거야. 딱 한 개만 고르라고 하고, 단호하게 나갈 테니까 아무리 예쁜 표정 지어도 안 돼. 알았지?

엄마도 네 마음 이해해. 선택을 한다는 게 정말 쉬운 일이 아니지. 엄마도 사실 오늘 점심은 무엇을 먹을지 점심 메뉴 고르기도 쉽지 않아. 하지만 어떡하니? 앞으로 네가 살아가는 동안 정말로 수많은 선택을 해야 하는데 말이야. 이런 간단한 선택도 힘든데 앞으로 너의 인생길에서 마주치는 선택은 정말로 쉽지 않을 거야.

엄마가 지금까지 했던 선택이 물론 다 옳지는 않았어. 어떨 때는 너무나도 어리석은 선택을 해서 후회가 막심했지. 살면서 엄마가 길을 안내하는 일이 많을 거야. 그렇더라도 최종 선택권은 너에게 있어. 너에게 선택의 자유를 주고 싶고, 자유와 더불어 오는 책임감도 느끼게 해주고 싶어.

앞으로 우리 딸이 선택의 기로에 설 때가 많을 텐데 그럴 땐 어떻게 하면 좋을까? 엄마의 사례가 다 맞는 건 아니지만 엄마의 이야기를 해줄게. 엄마는 말이야. 이런 선택 장애를 위해 몇 가지 원칙을 정했단다.

만약 무언가를 살까 말까 하는 고민을 한다면, 안 사는 걸로 결정했어. 고민을 한다는 것은 그 제품이 마음에 들지 않는 부분이 있기 때문일 거야. 그럴 경우 제품을 산다면 분명 후회할 일이 생길 확률이 크지.

　만약 무언가를 할까 말까 하는 고민을 한다면 무조건 하기로 결정했어. 어느 책에서 보니 사람들이 죽기 전에 가장 많이 후회하는 일이 '내가 그때 그 일을 왜 하지 않았을까!' 였다고 해. 그렇게 후회하고 싶지 않아서이기도 하고 차라리 하고 나서 후회하는 것이 안 하고 후회하는 것보다 나을 것 같다는 게 엄마의 생각이야.

　이건 그냥 참고만 하렴. 엄마는 이렇게 규칙을 만들어 놓으니까 세상 편해지더라. 너무 많이 고민하지 않아도 되기 때문이지. 하지만 인생길이 어디 이 두 가지 경우만 있겠니? 아마도 더 많은 문젯거리들이 있을 것이고 그 안에서도 너는 수많은 선택을 하게 될 거야. 그때 이거 하나만 알아줬으면 해.

　다른 사람의 말보다 네 말에 더 귀를 기울일 것. 어쭙잖은 조언을 들을 바에는 네 가슴이 시키는 대로 하라는 거야. 엄마보다도, 가까운 누군가보다도 너 자신을 먼저 생각해보라는 거야.

　엄마도 나중에 너한테 "엄마 때문에! 엄마를 위해서 선택했어!" 라는 말을 듣고 싶지 않단다. 물론 그때는 속이 상할지도 몰라. 엄마도 인간이잖니. 엄마 말을 안 들어준다는 것에 잠시 속상해할 수도 있지만, 그래도 네 인생이다. 네 멋대로 살라는 말이 아니라, 네가 진정 원하는 삶을 살라는 뜻이야. 그 누구를 위해서도 절대로 희생은 하지 말아야 해. 그게 그 사람을 위해서도 좋단다.

엄마가 앞의 편지에서 네가 가진 것들을 나눌 줄 아는 사람이 되라고 했지? 네가 줄 수 있는 한에서 다 주라고도 말했어. 네가 희생해야 한다는 말이 아니란다. 분명 말하지만 너를 죽이면서까지 다른 사람들을 위해서 살지는 말아.

비행기를 타면 안내 멘트가 나오는데 위급상황일 때 산소마스크는 자신부터 쓰라고 해. 위급상황일수록 약자를 보호해야 한다는 생각이 들 테지만, 우선 나부터 살고 난 다음 주변의 약자를 돌봐야 한다는 것이지.

엄마도 너를 진심으로 사랑하지만 너를 위해 희생은 안 할 거란다. 엄마가 너를 위해 모든 걸 희생했다고 하면 너도 부담스럽지 않을까? 그리고 내 인생 다 네게 건다면 아마 엄마도 네게 바라는 점이 훨씬 더 많아지겠지. 우리 그렇게 살지 말자. 서로 진짜 사랑하기 때문에 홀로 설 줄 알아야 해. 엄마가 진정으로 바르게 서게 되었을 때 너도 그런 엄마의 모습을 더 좋아해줄 거라 생각해.

너에게 따뜻한 밥 삼시 세끼 챙겨주는 엄마는 못 되었지만 대신 같은 여성으로서 그리고 인간 김여나로서 더 행복한 사람이 될게. 우리가 한 사람의 몫을 제대로 할 수 있을 때 잘 살고 있다고 말할 수 있는 것이란다.

이것 또한 엄마가 선택한 삶이야. 엄마는 너도 진짜 사랑하고 엄마 자신도 진짜 사랑하며 사는 삶을 선택했단다. 솔직히 너에게 희생해라 마라 하는 말도 엄마의 어쭙잖은 조언이고 최종 결정은 언제나 네가 한다는 것을 절대로 잊지 마.

이건 비밀인데⋯ 엄마도 외할머니 말을 진짜 안 들었어. 근데 다른 사람들처럼 대학 졸업 후 바로 취업하지 않고 일본이나 호주에 가서 살았던 거 절대로 후회 않아. 결혼 빨리하라고 그렇게 구박을 받고도 늦게까지 버텼던 것도 후회하지 않는단다.

오히려 그 시간에 대학원도 다니고, 일도 열심히 한번 해보고, 미친 듯이 놀아보고, 여러 사람들을 많이 만나봤던 경험들이 엄마한테 도움이 되었다고 생각해. 이런 것 때문에 너를 너무 늦게 만난 게 조금 아쉽다면 아쉽지만, 너도 지금보다 젊은 엄마를

만났다면 분명 엄마의 뜨거운 열정에 더 피곤한 생활을 했을지
도 몰라. (^^) 엄마가 좀 더 나이 먹고 성숙한 상태에서 너를 만
났다는 게 어쩌면 다행인 것 같다는 생각도 해본다.

어떤 선택을 하든 가지 않았던 길에는 아쉬움이 남을 수 있
어. 그래도 엄마는 엄마의 선택에 후회하지 않는단다. 너도 너
답게 너의 선택을 믿고 나아가길 바래. 그래서 나중에 엄마 말
듣지 않아서 정말 다행이야! 라는 말을 할 수 있도록 네 인생을
뜨겁게 불태워보렴.

어떤 선택을 하더라도
늘 네 선택을 존중하는 엄마가

앙리 리바스크 〈VUE DE L'ESTEREL〉 1907년 ——

세상에 혼자 남겨진 것 같이 외로울 때

**: : 외로움은 극복해야 할 대상이 아니란다.
그 시간을 최대한 이용해 봐 : :**

코로나라 유치원도 못 가고 외할머니 댁에서 하루 종일 지내는 너. 요즘 무서운 꿈을 꾸는지 혼자 있기 무서워해서 할머니를 어디 나가지도 못하게 한다며 할머니가 한소리하시더라. 그 나이 때 느낄 수 있는 당연한 감정이야. 엄마도 그랬어. 한동안 무서운 꿈을 꾸는 게 두려워 잠자기가 싫었던 적도 있었지.

우리 딸이 진짜 무서워하는 것은 무엇일까? "혼자 있으면 무서워" 라고 하는데 혹시 그때 느끼는 외로운 감정이 너를 무섭게 하는 건 아닌지 모르겠다. 엄마는 지금도 가끔 그래. 세상에 혼자인 것 같고, 사람들 사이에서 잘 지내다가도 한 번씩 그런 생각에 스스로를 외로움에 빠트리는 것 같아.

어제도 엄마는 그런 느낌이 들어서 눈물이 났단다.
갑자기 법이 바뀌면 누군가는 억울한 사람이 생기는데, 그게 내가 될 줄 몰랐던 거지. 그 외로운 싸움이 시작되었으니 세상에 혼자 남겨진 것 같더라.

항상 그랬어. 어렸을 때부터 부모님과 떨어져 조부모님과 함께 지내면서 늘 혼자 생각하고 혼자 결정하고 혼자서 해결해야 했지. 다른 사람들 눈에는 내 일을 스스로 잘 해결하는 사람으로 보였겠지만, 나는 힘들고 어려웠단다. 가끔은 누군가에게 기대고 싶다는 생각도 했는데 막상 그러지도 못했어.

이제는 그 외로움에 익숙해질 법도 한데 가끔씩 이런 일이 터질 때면 나는 혼자구나 하는 생각이 든단다. 속상해서 어젯밤에 그렇게 눈물을 쏟았으면서도 울다가 어느 샌가 잠이 들었어. 참 웃기지. 그런 거 보면 엄마는 건강한 사람인가 봐.

이렇게 단순한 엄마가 나쁘지는 않은 것 같다. 물론 아침에도 그 여운이 남았지만, 더 이상 엄마가 어떻게 할 수 없는 일이니 내려놓기로 했다. 그런 결정을 하게 된 건 아이러니하게도 지독한 외로움 덕분이었다.

나는 왜 이렇게 눈물을 쏟으며 속상해하는 것일까? 무엇이 나를 극도의 감정으로 밀어넣는 것일까? 왜 내게 이런 일들이 생겼는지 정말 바닥부터 생각하게 되더라. 나의 화는 어디에서 오는 것인지도 생각해보니 법 자체가 잘못된 것이고, 어떻게 보면 상대방도 피해자일 수 있겠다는 생각도 들었어.

어떻게 하면 이 일들을 해결할 수 있을까? 물론 손해를 1도 안 보려고 하는 상대방과 타협하는 게 쉽지 않겠지만, 그 안에서 가장 현명하게 해결하는 방법들을 생각해보게 되더라. 속 쓰리고 가슴 아프지만, 내가 어떻게 할 수 없는 일이라면 빨리 내려놓고 그 에너지를 다른 곳에 쏟는 게 낫겠다 싶었어.

혼자라는 생각은 나를 외롭게도 하지만, 한편으로는 나를 돌아보게 해주지. 어쩌면 이런 외로움의 시간이 나를 성숙하게 하고 나 자신과의 사이를 좋게 하는 것 같아.

'외로움'이라는 단어를 치면 '외로움을 이기는 방법', '외로움을 극복하는 방법'이 연관검색어로 나오더구나. 그만큼 많은 사람들이 찾아봤다는 증거이기도 할 거야. 엄마도 외로움을 느낄 때면 이기려고 했고, 극복하려고 했었어. 그런데 언젠가부터 외로움은 극복의 대상이 아니라는 걸 알게 되었어.

외로울 때만 할 수 있는 일과 감정이 있어. 다른 사람들을 이해하는 마음. 나 자신을 알아가는 시간. 그리고 문제의 근본을 생각해보게 되는 시점이 바로 그때가 아닌가 생각해. 작사가들은 일부러 외로운 시간에 가사를 쓴다고 해.

세상에 혼자 남겨진 것 같은 외로움을 느끼니? 분명 그럴 때가 있을 거야. 외로움을 즐기라는 말이 웃기기도 하지만, 이 말을 꼭 해주고 싶구나. 외로움은 극복의 대상으로 삼는 것보다 그 시간을 최대한 이용해보는 것은 어떻겠니? 나 자신과 친해질 수 있는 시간으로 말이야.

물론 쉽지 않은 일이야. 외로움이 네게 쓴 약이 될지, 가슴 아픈 시간으로만 남을지는 너 하기 나름이란다. 진짜 손해가 무엇인지 생각해라. 그리고 최선의 선택을 하렴.

외로움의 시간이 너를 성숙하게 할 것을
기대하는 엄마가

P.S.
그렇다고 히키코모리가 되지는 않았으면 좋겠어.
일부러 단절하며 살 필요는 없겠지?
건강한 관계가 건강한 삶을 만들어간다고.
흑… 미안! 또 너무 교과서적인 말을 했네.
하지만 진짜 필요한 말이라 잔소리 같지만 해본다.

"왜 나한테만 이런 일들이 생기는 거야?" 라는 생각이 들 때

: : 너의 상처가 누군가에게 도움이 될 거야 : :

요즘 들어 우리 딸이 동생 타령을 하네. 외동딸이라 혼자 있는 시간이 외로웠나 봐. 아니면 언니들이 동생들과 함께 있는 모습이 부러웠거나. 엄마가 농담으로 "칭찬 스티커 3,000개 모으면 동생 낳아줄게!" 했더니 너 너무 진지하게 "엄마 너무 많아. 조금만 줄여줘!" 라고 했어. 엄마는 미소를 지었구나.

그래서 엄마가 대안으로 금붕어 두 마리를 사 왔어. 강아지나 고양이는 네가 조금 더 크면 그때 가서 키우고 그래도 금붕어는 조금 키우기 편하지 않을까 싶었던 게지. 그런데 엄마 어렸을 때 키운 금붕어도 외할머니가 우리를 위해 키우셨던 것이니 금붕어 키우는 건 엄마도 처음이었어. 블로그에 있는 정보들을 읽고 금붕어 집을 마련해주고 나름 어항답게 꾸몄다고 생각했는데, 그다음 날 한 마리가 둥둥 떠있는 것을 보면서 역시 생명체를 다룬다는 건 쉬운 게 아니구나를 알게 되었다.

아침에 일어나자마자 굿모닝 인사를 하려고 간 네가 둥둥 떠 있는 작은 물고기를 보면서 엄청나게 속상해했어. 언니네 집에 전화해서 "언니! 언니네 물고기들은 괜찮아?" 했는데 괜찮다는 말을 듣고 "왜 나한테만 이런 일이 생기는 거야!!" 하며 속상해했던 거 기억나니? 7살 아이에게 뭐라고 이야기해줘야 할까… 생각했는데 딱히 떠오르는 말이 없더라.

엄마도 그런 경험이 있어서 잘 알거든. 엄마는 학교 앞에서 파는 노란 병아리를 자주 사 왔어. 초등학교 앞에서 병아리를 파는 사람이 있었거든. 노란 털이 너무 예뻐서 안 데리고 올 수가 없었지. 오래 살지 못한다는 것을 뻔히 알면서도 볼 때마다 사 왔던 기억이 있구나. 그다음 날 병아리가 죽었을 때의 그 슬픔이란 이루 말할 수가 없었더랬지. 또 병아리를 사 와서는 아침마다 그 아이의 생사를 확인하는 게 엄마의 아침 일과였어.

엄마에게도 이런 기억이 있어서 네가 금붕어 한 마리의 죽음에 대해 얼마나 슬퍼하는지를 알 수가 있단다. 그래서 엄마가 다음날 다시 금붕어 두 마리를 데리고 왔어. 갑자기 세 마리 금붕어가 돼서 외롭지 않을 것 같아 좋아하는 네 모습을 보면서 엄마도 기분이 좋았단다.

"왜 나한테만 이런 일이 생기는 거야!" 하는 너의 말을 듣고 엄마는 생각하게 되더라. 내가 무의식중에 이 말을 너무 자주 했나? 속으로 뜨끔했단다. 7살 아이가 할 말은 아닌 것 같아서 말이야.

참 열심히 산다고 살았는데, 세상의 시련은 그런 사람들에게 더 많이 오는 것 같아. 시련을 피하고 싶어서 열심히 노력하면 할수록 내게 다가오는 것은 아픔과 외로움이었어.

실은 말이야. 엄마도 네 동생을 가진 적이 있었어. 그런데 그게 정상 임신이 아니었던 거야. 임신 테스트기의 두 줄을 보고 화장실에 앉아서 30분 정도 고민했던 엄마 자신이 그렇게 원망스러울 수가 없었어. 그때는 너도 어느 정도 컸고, 엄마가 다시 일을 시작하려고 했었거든. 이제 막 무언가 시작하려고 했는데, 생각지도 못하게 임신이 되어서 엄마에게 온 축복을 제대로 기뻐하지 못했어.

그러다 생각을 바꿔서 받아들이자고 했지. 그리고 기분 좋게 토요일 아침에 너와 함께 병원에 갔는데, 병원에서 검사하더니 월요일에 다시 오라는 거야. 보통 임신이면 그 자리에서 이야기해주는데 다시 오라니… 별일 아니겠지 하고는 월요일에 병원에 갔더니 한 번 더 검사해보자고 하더구나. 검사를 한 번 더 하고, 그다음 날 가니 소견서 써 줄 테니 큰 병원으로 가라고 하더라고.

이 모든 일들이 처음 겪는 일이라 어안이 벙벙했지. 큰 병원에서는 '포상기태 임신'이라며 바로 수술 날짜를 잡자고 하더라. 목요일의 수술까지 일주일이 채 걸리지 않았던 이 일은 엄마에게 큰 슬픔으로 남았단다.

"왜 나한테만 이런 일이 생기는 거야….."

처음에 너를 가졌을 때도 힘들었는데, 둘째는 엄마한테 온 지 일주일 만에 수술하게 되니 그때까지 참았던 슬픔이 한꺼번에 밀어닥쳐 감당하기 어렵더라.

수술 후 병원에 계속 다녔는데, 충무로역에만 내려도 울컥했고, 병원에 가까이 가면 갈수록 그 소독약 냄새에 눈물이 핑 돌았어. 많은 임산부들 사이에 앉아 있을 때는 펑펑 눈물을 쏟기도 했더랬지. 엄마에게 온 축복인데 화장실에 앉아서 고민했던 그 30분이 아이에게 너무나도 미안했던 거야.

만약 네가 없었다면 엄마는 더 큰 시련에 빠졌을지도 몰라.

앙리 리바스크 〈Tricot〉

다행히 네 덕에 6개월 만에 그 힘듦에서 벗어날 수 있었어. 산후우울증이었던 것 같아. 한동안 엄마는 이런 일들이 생기는 것에 대해 벌 받는 거라 생각했어. 하나님도 엄마를 미워하는 것 같았지.

그런데 이런 엄마의 경험도 사용될 때가 있더라. 엄마처럼 아이를 가졌다가 유산이 된 사람들, 여러 사정으로 인해 아이를 잃어버린 엄마들의 마음을 이해하게 되었지. 누군가 엄마한테 유산으로 인해 아이를 잃은 슬픔을 이야기할 때 엄마가 그분들에게 할 수 있는 건 엄마의 이야기를 해주는 것이었어.

"나도 포상기태 임신으로 아이를 잃어본 적이 있어요. 그 후 제게 온 산후우울증으로 정말 많이 힘들었답니다."

이 말 한 마디가 전혀 경험 없는 사람들의 열 마디 말보다 더 위로가 된다고 하더라. 같은 엄마로서 안타까워하고 위로해줄 수는 있지만 100% 공감할 수 없는 부분이 있거든. 경험해보지 않았기 때문에, 그런데 똑같은 경험이 아니더라도 그와 비슷한 경험을 가진 사람들은 세세한 부분까지 공감할 수 있는 거야. 마치 군대를 다녀온 사람들은 육해공 어디를 나왔어도 서로 이해할 수 있는 부분이 있지만, 다녀오지 않는 사람들은 작은 디테일까지 잘 알 수 없는 것처럼 말이야.

너에게 고난이라고 느껴졌던 일들도 누군가를 이해하는 데 도움이 될 거야. 아마도 하나님은 엄마한테 더 많은 여성을 포용하라는 의미로 이런 경험을 주시지 않았나 하는 생각이 든다. 포상기태 임신이라는 건 희귀한 임신이라 많은 사람들이 경험하는 일은 아니거든.

사람이 감당할 시험 밖에는 너희가 당한 것이 없나니 오직 하나님은 미쁘사 너희가 감당하지 못할 시험 당함을 허락하지 아니하시고 시험 당할 즈음에 또한 피할 길을 내사 너희로 능히 감당하게 하시느니라.

_ 고린도전서 10장 13절

하나님은 엄마가 감당할 시험을 주셨고, 어느 날 보니 엄마의 상처는 다른 사람을 위로할 수 있는 도구가 되어 있더라.

살다 보면 "왜 나한테만 이런 일이 생기는 거야…" 하는 일들이 정말 많이 일어날 거야. 그런데 알고 보면 그 일이 너한테만 생기는 일이 아니란다. 각자 모양은 조금씩 다르지만 비슷한 고난들을 겪게 된단다.

그때 꼭 이 말씀을 생각하렴. 분명 신은 네가 감당할 시험만 준다는 것. 그리고 그 고난을 잘 통과하고 나면 너의 고난이 다른 사람들을 위로할 수 있는 하나의 무기가 된다는 거야.

게임을 할 때 무기가 많으면 유리한 거 알지? 작은 소총 하나 가지고 싸우는 것과 멋지고 화려한 무기를 가지고 싸우는 건 게임의 차원을 다르게 한단다.

그 고난의 통로를 잘 통과해보렴. 그리고 네게 쌓인 무기들을 가지고 멋지게 인생을 게임처럼 즐겨 봐. 생각처럼 잘되지 않더라도, 결국 너의 무기들이 너를 지켜줄 거란다.

너의 상처들이 분명 누군가에게
도움이 될 거라는 믿음을 가진 엄마가

P.S.
이런 말이 너에게 위로가 되기보다
짜증으로 다가온다는 것도 엄마는 안단다.
엄마도 그랬거든.
"삶의 무기 필요 없으니까 제발 이런 고난은 내게 오지 않았으면 좋겠어!!!"
엄마가 내뱉었던 말들이지. 그런데 조금만, 조금만 더 인내해보렴.
태양이 뜨기 바로 직전이 가장 어둡단다.
눈앞에서 포기한다면 가장 억울하겠지?

죽고 싶을 만큼 힘이 들 때

:: 목숨이 붙어 있으면 희망이 있단다 ::

●

생활고로 한 엄마가 아이와 함께 목숨을 끊으려다 아이만 죽고 엄마는 살았다는 뉴스들이 자주 나오는구나. 자막으로 지나가는 뉴스 한 줄이 오늘 따라 유독 눈에 들어온다. 얼마나 힘들었으면 그랬을까. 전혀 모르는 사람이지만 너와 같은 나이의 아이라니 마음이 더 아프다.

내 옆에서 아무것도 모르고 대자로 뻗어서 자는 너를 보면서 그냥 아무 말도 하지 않고 꼭 끌어안아 본다.

많은 사람들이 질병과 고통으로 죽어가고 있는데 코로나 때문에 더 심해진 것 같아. 실감이 나지 않지만 미국에서는 6분마다 한 명씩 사망한다고 하니 현재 너와 내가 사는 이 세상 어딘가에서 일어나고 있는 일이야. 전에는 이런 일이 있으면 "죽을 용기로 살지" 라는 철없는 말을 했었는데 이제는 '얼마나 힘들었으면…' 하는 생각을 하게 돼.

살면서 이런 경험은 하지 않았으면 좋겠지만 아무도 장담할 수 없는 일이야. 신은 분명 감당할 만한 고통만 준다고 했고, 피할 길을 내어주신다고 했다. 너는 그 일을 할 수 없다고 한정 지을 수도 있지만, 이건 신이 너를 믿고 있다는 증거이기도 하다.

엄마가 둘째 아이를 잃었을 때 산후우울증처럼 한없이 나락으로 떨어졌었어. 그때는 정말 죽고 싶다는 생각이 들었단다. 그만큼 내 마음에 힘이 없었지. 삶에 의욕도 없었고 아무런 재미도 없었어. 네가 내 옆에서 방긋 웃고 있었지만 그래도 힘들었어.

그때는 독박육아 때문이라 생각했어. 수술 후 몸도 마음도 힘들었거든. 10층 아파트에서 아래를 내려다보면서 '여기서 떨어지면 죽을까?' 하는 생각도 했었다. 그러다 잠에서 깨 울고 있는 너를 보면서 정신을 차리기도 했었어. 너를 어르고 달래면서 내가 없으면 이 아이는 어떻게 살까? 하는 생각에 그럼 너를 먼저 던지고 내가 따라 죽어야 하나? 하는 끔찍한 생각도 했었다.

그만큼 정신적으로 힘들었던 때였어. 지금 생각하면 소름 끼칠 정도로 너무나도 무서운 생각이었지. 이런 이야기를 아무에게도 할 수가 없어서 더욱 힘들었던 것 같아. 엄마는 동생만 둘이 있다 보니 동생들에게 언니의 아픔에 관해서 이야기를 꺼내는 게 힘들었고, 부모에게도 나의 속마음을 털어놓지 못했어.

사회에서도, 모임에서도 항상 바른 모습만 보이려고 했던 사람이라 나약한 모습을 보이지 못했던 것 같아. 그만큼 가면을 쓰고 살았는지 모르겠다. 가면이 나인지 내가 가면인지도 모르고 살았어. 무엇을 위해서 그렇게 살았는지 모르겠구나. 그냥 그때 주어진 모든 것들이 나를 그렇게 만들었다는 생각밖에 들지 않는다.

이런 경험을 해서인지 엄마가 아이와 함께 안타까운 선택을 했다는 기사를 접하면 그때의 내 모습이 떠올라 마음이 무거워. 그때 나는 어떻게 빠져나올 수 있었을까? 물론 나에게는 종교의 힘이 있었어. 그때는 그렇게 믿음이 강하지 않았을 때인데도 자살하면 지옥 간다는 말이 무서웠거든.

죽어서도 편안한 길을 가는 게 아니라 불구덩이 속으로 간다면 차라리 이 세상에서 힘든 게 낫지 않을까 하는 어처구니없는 생각도 했지. 그리고 옛날 어머니들처럼 아무리 힘들어도 자식 때문에 죽지 못한다는 말도 실감했어. 네가 나 없이도 잘 있을 수 있을 때까지 만이라도 살아야겠다는 생각도 했고. 그때 그런 생각이라도 하면서 삶을 놓지 않았다는 게 얼마나 다행인지 모르겠다.

처음에는 어쩔 수 없이 살았어. 하지만 시간이 가면서 네 덕분에 살고 있단다. 어쩔 수 없이 사는 게 아니라 덕분에 살게 되었다. 이렇게 마음을 고쳐먹으니 살게 되더라.
어쩔 수 없이 산다면 아마도 이렇게 살지는 못했을 것 같아. 네 덕분에 산다고 해놓고 보니, 네 덕분에 삶에 욕심이 난다. 네가 나 없어도 잘 살 수 있을 때까지 계속 이렇게 욕심내며 살 것 같다. 그리고 엄마는 해야 할 일이 있어.

약속. 참 무서운 약속이다. 그렇게 약속하지 않았다면 아마도 벌써 몇 번은 포기하고 살았을 삶이다. 하지만 그냥 이렇게 죽었다간 나중에 천국이든 지옥이든 하나님 만날 자신이 없었어. 그분 만나서 할 말이 없을 것 같았거든. 분명 내가 이 땅에 태어난 이유가 있을 텐데 그 소명을 다하지 못하고 간다면 얼마나 안타깝겠니.

딸아, 세상이 너를 힘들게 하는 일이 많을 거란다. 누구에게나 다 그런 일이 생겨. 상황이 너를 벼랑 끝으로 몰아갈 때도 있을 것이고, 죽고 싶다는 생각이 들 정도로 숨이 막힐 때도 있을 거야. 하지만 엄마가 하고 싶은 말은 이거야.

"목숨이 붙어 있으면 희망이 있다."

네 몸에 숨이 붙어 있는 한 넌 무슨 일이든 할 수 있어. 네가 살아만 있다면 어떻게든 다시 솟아날 구멍이 있어. 제발 살아만 있어다오. 삶을 포기하는 일은 절대로 없었으면 좋겠다.

자존심이 너보다 소중하지는 않아. 자존심 밟히는 일이 있더라도 괜찮아. 지금은 죽을 것 같이 힘든 일도 나중에 시간이 해결해 줄 때도 있단다. 나락으로 떨어지면 사람들이 너를 불쌍하게 볼 것 같지? 그리고 그 시선이 두려울 것 같지? 잠시 그럴 수는 있겠지만 사람들은 그 기억을 금방 잊을 것이고, 그들은 의외로 너에게 큰 관심이 없어.

돈 문제라면 다행이지. 돈으로 해결할 수 있는 일은 가장 쉽게 해결할 수 있는 문제니까.

최악의 상황을 생각해도 네가 죽는 것보다는 나을 것이다. 네가 죽고 싶을 만큼 힘들어도 제발 살아다오. 어떻게든 버텨내고! 잔인한 말이겠지만, 인내해내렴. 그리고 그렇게 힘들 때 당연히 엄마를 찾아준다면 좋겠지만, 만약 그럴 상황이 안 되면 네 옆에 있는 누군가에게 손 내밀었으면 좋겠다.

반대로 네 옆에서 누군가가 이렇게 힘들어할 때 네가 힘이 돼
주었으면 좋겠다. 자살하는 사람이 죽기 전에 전화한다는 것은
누군가에게 기대고 싶은 마음이 있고, 마지막으로 자신의 손을
잡아줬으면 하는 마음이 있어서라고 하더구나. 그때 제일 듣고
싶은 말이 "너 어디야? 내가 갈게." 이 한마디면 된다고 해. 네
옆에 있는 사람들에게 그런 말을 할 줄 아는 네가 되었으면 좋
겠다.

네가 얼마나 소중한 사람인지…
네 덕분에 이렇게 열심히 살고 있다는 것을
말해주고 싶은 엄마가

—— 폴 프리스 니보 〈Interior with a woman arranging a bouquet of red flowers on a table〉

삶에 용기가 필요할 때

:: 남들이 아니라고 해도 네가 선택한 것을 해나가는 용기가 필요해 ::

나의 귀요미 딸. 할머니와 치과에 가서 앞니를 뺐더구나. "엄마! 나 이상하지 않아? 나는 내가 웃겨!" 하며 귀엽게 사진을 찍어서 보낸 너. 엄마는 말이야. 너의 어떤 모습도 귀엽고 사랑스러워.

엄마 어렸을 때는 할머니가 흔들리는 이에 실을 매서 빼줬어. 그게 엄마한테는 큰 트라우마로 남아서 지금도 치과에 가려면 상당한 용기가 필요하단다. 그런데 너는 전혀 무서워하지도 않고 잘 다녀왔다고 하니 엄마보다 훨씬 더 용감하네.

'용기'라는 단어의 뜻을 찾아보니 '씩씩하고 굳센 기운. 또는 사물을 겁내지 않는 기개'(네이버 사전)라고 하는구나. 그러고 보면 엄마는 치아에 관한 부분에 있어서는 용기가 없나 봐. 어렸을 때 그 기억이 아직도 몸을 움츠리게 하는 걸 보면.

살다 보면 용기 내야 할 일들이 정말 많아. 새로운 도전을 할 때는 물론이고, 또 요즘에는 미움받을 용기도 필요하다는 것을 살면서 자주 느낀단다. (《미움받을 용기》라는 책이 있는데, 제목 정말 잘 짓지 않았니?) 이 책에서 가르쳐주는 몇 가지가 있는데 엄마가 네게 하고픈 말과 연관되니 참조해서 말해볼게.

우리는 모든 사람들에게 잘 보이면서 살 필요는 없어. 때로는 내 생각과 그의 생각이 맞지 않아서 다투기도 하지. 다투는 게 싫어서 상대방에게 맞출 필요는 없어. 이런 것 때문에 미움을 받는다면 그건 그 사람의 문제이지 네 문제는 아니라는 거야. 지금 네 모습 그대로를 좋아하고 사랑해주는 사람을 만나면 돼. 그러니까 네가 싫어하는 것까지 하면서 그 사람의 미움을 사지 않으려는 노력은 하지 않았으면 좋겠다. 관계에 있어서는 정말 말 그대로 '미움받을 용기'가 필요한 것 같아.

책에는 이런 내용도 나오더구나.
"트라우마는 존재하지 않는다!"
아들러의 주장에 따르면, 과거의 사실보다 과거에 대한 의미 부여가 중요하다고 해. 과거를 바꿀 수 없다고 해서 현재의 내 모습, 미래의 내 모습마저 바꿀 수 없는 건 아니라는 것. 내가 과거에 어떤 의미를 주느냐에 따라 얼마든지 현재를 변화시킬 수 있다는 거야. 내가 나의 두려움을 피하려는 목적으로 과거의 한 사건을 핑계 삼고 있다는 게 그의 주장이었어.

곰곰이 생각해보니 그의 말이 맞는 것 같아. 얼마든지 그 생각에서 벗어날 수 있는 것도 나의 선택이고, 거의 40년 전의 사건을 핑계로 삼는 내가 어린아이같이 느껴지더라.

아직도 나의 발목을 잡는 옛 기억들에 대해서 돌아보았어. 어릴 적 젊은 부모들의 싸움을 자주 봤던 것도, 친정엄마의 삶이 그리 행복해 보이지 않았던 것도, 유독 엄마의 우는 얼굴을 자주 봤던 것도, 너희들 땜에 내가 참고 산다는 말이 내게는 트라우마처럼 남은 것 같아.

지금은 두 분 사이를 힘들게 했던 주변 환경이 바뀌니 사이가 좋아지셨어. 그때 당시 용기 내지 않으셨던 친정엄마 덕분에 두 분은 그래도 괜찮은 노후를 보내고 계시는 것 같구나. 이런 거 보면 용기는 언제 내야 하는 것인지 엄마도 잘 모르겠어. 확 뒤집어엎는 것이 용기인지, 그래도 꿋꿋하게 버티는 것이 용기인지 삶에 있어서 확신이 서지 않는단다.

분명한 건 외할머니는 용기가 있었다는 거야. 장남에게 시집와서 딸만 셋을 낳았다는 이유로 제대로 대접도 못 받고, 결혼하자마자 남편이 사고로 장애를 입게 된 것도 사람이 잘못 들어와서 그런 거라고 구박을 받으면서도 버틴 용기. 일찍 결혼한 탓에 어린 시동생들이 줄줄이 있었지만 맏며느리라는 이유로 뒤치다꺼리를 했고, 얄밉게 시어머니 편에서만 말하는 시누이 셋을 다 견디었던 용기, 하나밖에 없는 동서가 아들을 낳았다는 이유로 명절날 늦게 와도 용서가 되었던 그 시대에 참을 수밖에 없었던 용기.

지금 생각하니 외할머니는 정말 용기 있는 분이었어. 엄마 같았으면 절대로 참지 못했을 거야. 할머니를 보며 용기에 대해 다시 생각해보게 된다. 꼭 위험한 것에 과감히 뛰어드는 것만이 용기가 아닌 것 같다. 남들은 다 아니라고 해도, 내가 선택한 길을 묵묵히 가는 것도 용기야. 어린 딸들 나중에 시집보내는 게 걱정돼서 차마 포기하지 못하고 모든 것을 견디신 것도 할머니의 용기였다고 생각해.

살면서 정말로 용기가 필요할 때가 많을 거야.
할머니의 사례를 보면서도 나라면 절대 이렇게 살지 않을 거야! 하며 용기를 내겠지. 분명 미움받을 용기도 필요할 거야. 사람들은 자신과 의견이 다르면 미워하거나 싫어할 수 있거든.

끌로드 모네 〈양귀비 들판〉 1873년 ──

처음에 엄마가 말했지? 다투는 게 싫어서 타인과 맞춰가며 살 필요가 없다고! 설령 그게 엄마라도 말이야. 진짜 네 삶에 용기를 냈으면 좋겠다. 엄마도 엄마 삶에 용기 내서 잘 살아볼게.

우리의 삶에 용기 내어 살기를
바라는 엄마가

P.S.
이 글을 쓰고 보니 정말로 엄마의 삶에는 용기가 필요한 것 같아.
엄마가 어떤 선택을 하더라도 이해해주렴.
엄마도 큰 용기를 내는 거야. 삶에 대한….
나중에 네가 커서 다시 이야기할 기회가 분명 있겠지만
그때 가서 이런 이야기를 하면 잔소리한다고 할까 봐 글로 남긴다.

지인의 갑작스러운 죽음으로 힘들 때

:: 천국에는 아픔과 슬픔이 없다는 말이 위로가 되더구나 ::

며칠 전 엄마의 외할머니가 돌아가셨단다. 한 달 전에 친정엄마 집에 오셨을 때만 해도 괜찮으셨는데… 그때 증손녀인 너와 숨바꼭질을 해주셨는데, 어쩌면 이렇게도 갑작스럽게 죽음을 맞이하게 되셨는지. 93세의 나이라 어쩌면 늘 생각하고 있었을 텐데도 가까운 사람의 죽음은 잘 와닿지가 않아.

처음 전화를 받았을 때는 정말 아무렇지도 않았어. '왜 할머니가 돌아가셨다고 연락을 받았는데 나는 아무렇지도 않지?' 라는 생각이 들 정도로 무덤덤했어. 아마도 그날 아침 친정엄마의 전조가 있었기 때문인지도 몰라.

그날 아침 외할머니는 갑자기 자신이 없을 때를 대비해서 엄마에게 이런저런 것들을 가르쳐주시더구나.

"세인이 옷은 여기에 있고, 반찬은 여기에 있으니 꺼내 먹고, 엄마 없을 때 가끔 집에 와서 한 번씩 봐줘."

한동안 집을 비울 사람처럼 왜 갑자기 이런 말을 할까 했는데, 딸에게만 느껴지는 무언가가 있었나 봐.

갑자기 할머니가 쓰러지셨다는 연락을 받고 친정엄마는 자신이 맡은 일들을 딸들에게 부탁했단다. 그리고 서둘러 내려가는 도중에 할머니가 돌아가셨다는 연락을 받았어. 세인이 등원을 마치고 부랴부랴 갔건만 마지막 임종을 보지 못했다는 것이 마음이 아팠어.

할머니가 쓰러지신 건 알았지만 이렇게 빨리 가실지 아무도 몰랐어. 만약 그걸 알았다면 네 등원을 누군가에게 부탁했겠지. 죽음은 누군가를 기다릴 줄 모르나 보다. 성격이 급한 분도 아니셨는데 그렇게 갑자기 우리의 곁을 떠나실 줄 어떻게 알았겠니….

점심시간 후에 연락을 받고 회사 업무를 인수인계하면서 엄마도 갑자기 눈물이 터져버렸어. 말을 잇지 못할 정도로 눈물이 나왔고, 옆에서 보고 있던 동료가 "그냥 빨리 가세요" 할 정도로 쫓겨나듯 나왔단다. 지하철을 탔는데도 무슨 사연 있는 사람처럼 계속 눈물이 나지 뭐니. 마스크를 쓴 상태라 덜 부끄러웠지만 양옆에 있는 사람들이 힐끔힐끔 엄마를 보는 시선이 느껴졌지.

한 달 전에 봤던 모습이 마지막이었어. 그때 조금 더 잘해드리지 못한 게 마음에 남네. 그때 한 번 더 안아드릴 걸. 사랑한다고 말 한 번 해볼 걸. 밥 한 번 맛있는 것으로 대접할 걸… 코로나를 핑계로 아무 곳에도 모시지 못했고, 맛있는 음식 한 번 대접하지 못했어.

너의 외할머니도 힘들다고 너랑 몸으로 놀아주지 못하는데 93세의 노인이 너랑 같이 집안에서 숨바꼭질한다고 이리저리 숨는 모습에 '할머니 아직 건강하시네' 라고만 생각했어. 우리가 돌아가면 체력이 떨어져서 어지럽다며 누워만 계셨다던 할머니였는데, 정말로 전력을 다해, 최선을 다해 너와 몸으로 놀아주셨다는 것을 알았어.

너의 지치지 않는 체력을 상대해 주셨으니 얼마나 힘드셨을까? 늘 미안하다 고맙다는 말을 달고 사셨던 할머니 덕분에 엄마의 노후 모습도 외할머니처럼 살아야겠다고 생각을 했다.

가까운 사람의 죽음은 정말로 여러 가지를 생각하게 하는구나. 갑자기 다시 한 번 삶에 대해서 생각하게 되었어. 죽음이라는 것은 무엇일까? 죽고 난 이후 어떻게 되는 것일까? 죽는다는 건 다음 세상으로 이동을 뜻하는 것일까, 우리의 존재가 사라진다는 뜻일까?

우리는 죽으면 천국으로 간다고 믿지만, 믿지 않는 사람들은 죽으면 끝이라고 생각하는 경우가 많아. 솔직히 이건 증명된 사실은 아니야. 하지만 나는 이 믿음만으로도 삶 전체가 달라진다고 생각해. 죽으면 끝이라고 생각하면 죽기 전에 해볼 것은 다 해봐야 한다는 심정으로 막살게 될 거야. 내가 죽는다는데 도둑질을 하면 어떻고, 나쁜 짓을 하면 어때? 죽으면 끝인데! 하지만 죽은 후 다음 세상으로 간다는 믿음은 이 세상에서의 삶을 허투루 살지 않게 하지. 내가 이 땅에 온 이유를 생각하게 되고 나의 사명을 생각하게 돼. 그것만으로도 삶이 달라지지 않을까 싶어.

그래서 기독교인들은 말한다. 죽음에 대해서 너무 슬퍼하지 말라고. 우리는 천국에 가서 만날 것이기 때문에 지금 잠시의 이별을 가지고 너무 슬퍼하지 말라고. 오히려 죽음을 통해 아픔과 고통이 없는 천국으로 가는 것이 이 힘든 세상에서 사는 것보다 괜찮을 거라 한다. 그리고 우리가 그토록 만나고 싶어하는 하나님을 만날 수 있을 거라는 생각에 오히려 더 기쁜 마음으로 보내주라고 해. 그런데 이 말들이 엄마에게는 위로가 되지 않았어.

오히려 엄마에게는 천국에는 아픔과 슬픔이 없다는 말이 위로가 되었단다. 연세가 있으셨기 때문에 할머니는 여기저기 많이 아프셨어. 그리고 할머니의 삶도 녹록치 않았다는 것을 알기 때문에 거기가 훨씬 낫겠다는 생각도 하게 되었어. 입장 바꿔 생각해보면, 울면서 보내드리는 것보다 웃으면서 보내드려야 할머니가 더 좋아하실 것 같기도 했지.

만약 내가 죽더라도 슬픈 얼굴로 헤어지는 것보다 다시 만난다는 희망을 가지고 기쁘게 이별을 했으면 좋겠다는 생각이 들었다. 그래서 마지막날에는 많이 슬퍼하지 않고 기쁘게 보내드리려고 노력했단다.

할머니 돌아가신 날 새벽에 책을 읽고 필사한 부분이 있었는데 너무 마음에 와닿아서 너에게도 소개하려 한다.

우리는 언제나 내일을 떠올리며 산다. 바쁜 오늘 때문에 당장은 급해 보이지 않는 일, 사랑이나 행복 같은 일들은 내일로 잠시 미뤄둔다. 하지만 내일이면 너무 늦을 수 있다. 모든 이별은 언제나 갑자기 찾아오기 때문이다. 지금 우리에게 무엇보다도 급한 일은 오늘 당장 살아야 하는 일, 오늘의 행복을 참지 않는 일이다. 오늘이 세상의 첫날인 것처럼 온통 나와 당신을 사랑하고, 오늘이 세상의 마지막날인 것처럼 아낌없이 행복해야 한다. 삶의 마지막 순간에 우리가 가질 수 있는 것은 오직 오늘, 지금, 이 순간의 마음뿐이기에.

당신이 꽃같이 돌아오면 좋겠다.

_고재욱

너의 조부모이신 나의 부모님도 70세를 바라보는 나이란다. 죽음을 생각할 수 있는 나이야. 가까이에 계시는 외할머니의 죽음을 통해서 부모님의 죽음까지도 생각하게 되었어. 똑같은 후회는 하고 싶지 않기 때문에.

고재욱 작가의 말처럼 오늘이 세상의 마지막날인 것처럼 아낌없이 행복해야겠어. 바쁘다는 핑계로 행복을 미뤄왔는데, 정말로 죽음은 예상치 못하게 다가오는구나. 부모님 살아 계실 때 조금 더 잘해드려야 한다는 생각을 해봤단다. 부끄럽지만 사랑한다는 말도 언젠가는 해볼 거야. 그리고 이 나이 먹어도 엄마와의 다툼은 있을 수밖에 없는데, 그것도 더 양보해보려 해. 내가 하니까 너도 하라는 뜻은 아니란다.

다만, 이별하기 전에 후회하는 일을 조금은 덜 만들자는 이야기야. 이별은 갑작스럽게 다가오니까. 할머니의 죽음으로 더 확실한 생각을 하게 되었구나.

우리, 오늘을 행복하게 살자!
그리고 표현하고 싶은 게 있다면 표현하면서 살자!
고맙고 사랑한다는 말 아끼지 말자!
안아주고 토닥거려주는 것도 할 수 있을 때 많이 해주자.
그래, 그렇게 살자!

너와 함께하는 동안 엄마는 늘 행복했다고
확신하는 엄마가

P.S.
혹시나 30년이 되기 전 엄마가 천국에 급하게 가게 되었다고 해서
너무 속상해하거나 오랫동안 힘들어하지 말 것.
이건 부탁이 아니라 명령이야!!
엄마는 천국 가서도 너를 많이 생각하고, 사랑할 거야.
엄마의 믿음과 너의 믿음이 같다면 우리는 천국에서 만나겠지.
사랑스러운 나의 아가야. 엄마 딸로 태어나줘서 고마워.

—— 에밀 무니에르〈Sorry mom〉1888년

상대방에게 질투가 생길 때

:: 찌질한 네 모습 인정해라. 더 쪼잔한 사람이 되지 않기 위해! ::

오늘은 엄마의 부끄러운 이야기를 해볼게.

간증 프로그램을 봤어. 좋아하는 프로그램이라 유튜브로 자주 보는데, 이번에 아주 유명한 사람이 나왔어. 노래도 연기도 잘하고 인기도 정말 많은 분이지. 힘든 일이 있어도 뒤돌아보면 자신의 일들을 꾸준하게 계속 해올 수 있었다며 감사해하는 내용이었어. 그러면서 "참 귀여우신 하나님"이라며 자신이 작은 소리로 말하는 것도 다 들어주신다는 거야.

보통 이런 프로그램을 보면 저절로 감사하다는 생각이 든단다. 와! 이렇게 힘든 분들도 계시네. 그러면서 자신의 신앙을 놓지 않고 꼭 붙들고 사는 모습이 참으로 대단해 보이지. '와~ 부럽다! 나도 그렇게 해 봐야지!!'

그런데 어제의 영상은 보면서 질투심이 생기더라. 물론 지금 내 마음 상태가 좋지 않으니 더 예민하게 느껴졌나 봐. 1주일 전에 엄마의 외할머니가 돌아가셨지, 계약기간이 아직 1년이나 남았는데 집주인은 월세 올려달라고 하지, 여러 가지로 스트레스가 가득한 상태에서 영상을 봐서였을지도 몰라.

저 사람은 처음부터 계속 사랑을 받았나? 다른 사람들은 힘들게 하나님 만나는데 저 사람은 하나님이 먼저 만나주시는구나. 나는 큰 목소리로 외치며 기도해도 잘 안 들어주시는 하나님인데, 저분한테는 작은 소리로 그냥 이야기해도 다 들어주시는 하나님이시구나! 내 마음이 꼬여 있으니 모든 게 다 꼬여서 들리지 뭐니. 생각이 이렇게 흘러가니까 더 힘들어진 건 결국 나였어. '나는 이것밖에 안 되는 사람이었어.' 나 자신을 깎아내리게 된 거지. 자존감은 사라졌고, 거기에는 진짜 이상한 사람만 남아 있었지.

왜 그랬을까? 평소에 나는 출연자들을 보며 부러워했고, 감사함을 느꼈고, 닮고 싶고, 배우고 싶다고 생각했는데 말이야. 부러움과 질투의 차이는 무섭게 나를 갈라놓았어.

질투는 남을 짓밟거나 나 자신을 깎아내리게 되지. 하지만 부러움은 나를 성장시키는 원동력이라는 걸 알게 되었어.

마음이 힘들어서 일도 손에 잡히지 않고, 도대체 내가 왜 그녀를 질투하고 있는지 생각해봤단다.

'나는 지금 상황도 힘들고, 뭐든 잘 안 되는데, 저 사람은 힘든 상황에서도 주변의 도움을 많이 받고, 하나님도 그녀의 편에서 그녀를 도와주셨다고? 그런데 나는 왜 이러지? 아! 그 사람이 잘못한 게 아니라 내 상황이 좋지 않았던 것뿐인데 괜히 엄한 곳에 불똥이 튀었구나.'

누구든 질투에서 자유로울 수 없어. 하지만 질투라는 감정에서 불행해지지 않으려면 나 자신에 대해서 알아야 해. 나의 결핍이 무엇인지, 무엇이 나를 이렇게 자극하고 있는지 알아야 하는 거야. 엄마는 작년부터 코로나 때문에 힘들었고, 계속되는 실패로 인해 좌절도 컸는데, 그런 불똥이 그녀에게 튄 거였어.

이렇게 인정하고 나니까 마음이 조금 편안해졌어. 내 못난 생각으로 그녀를 질투했던 게 미안해지기까지 했어. 이제는 '저렇게 열심히 했으니까 되는 거구나… 부럽다~ 나도 그녀처럼 해봐야지!' '저렇게 예쁘게 하나님께 매달렸다고 하니 나라도 도와주고 싶었겠다!!' 하는 마음이 생긴다.

마음이 정리가 되니 그녀를 인정하게 되었고, 그 인정은 내게 좋은 원동력이 된 것 같아.

딸아, 앞으로 살다 보면 누군가를 질투할 수 있을 거야. 세상에는 괜찮은 사람들이 정말 많거든. 그럴 때 네가 왜 그 사람에게 질투심이 생겼는지 너 스스로에게 물어보렴. 아마 너 자신이 더 잘 알 거야. 인정하고 싶지 않지만 엄마도 그랬어. 엄마가 이런 유치한 마음을 가지고 있다는 것을 인정하고 싶지 않았거든. 그런데 그 마음을 인정하고 나니 찌질한 내 모습으로 그냥 놔두고 싶지 않더라. 그래서 차라리 그냥 부러워하기로 했어.

"와~ 좋겠다. 나도 그녀처럼 해봐야지!!" 질투의 마음보다는 부러움으로 바꿔보라고 엄마는 권해주고 싶구나.

지금 막 찌질함에서
벗어난 엄마가

P.S.
자신의 찌질한 모습을 인정한다는 게 쉽지는 않아.
그런데 그걸 인정하지 않으면 더 쪼잔한 자신의 모습을 보게 될 거야.
인정할 건 인정하자! 질투가 너의 힘이 되려면 인정하는 것부터 시작이야.
찌질한 모습을 인정한 후부터 너는 더 이상 찌질한 사람이 아니야.
왜냐하면 그다음부터 분명히 너는 상대방을 보며 배우려고 할 거니까.
그래서 더 멋있는 사람이 될 거야. 이건 엄마가 보장할게!

일상이 권태로울 때

: : 권태기는 네가 열심히 살았다는 증거란다 : :

나이 탓보다 환경 탓을 하고 싶구나. 삶의 권태기가 느껴진다는 게 분명 나만의 일은 아닐 거야. 슬슬 갱년기를 준비해야 하는 시기라 생각하면 마음이 조금 편하려나? 엄마 친구들도 이런 비슷한 감정이 온다고 해. 물론 코로나의 영향도 있을 거야. 지금 한창 열심히 일해야 할 나이의 자영업자들은 코로나 때문에 문을 닫기도 열기도 애매한 상태가 되어버렸어.

아이들에게 들어가는 돈도 많을 때인데, 숨만 쉬어도 기본적으로 들어가는 돈이 있는데 여의치 않으니 한숨만 나오는 거야. 집이라도 있는 친구들은 그나마 덜하지만, 집 없는 친구들은 매년 너무 급격하게 오르는 집값 때문에 같은 동네로 이사 가기도 어렵고 점점 수도권 밖으로 밀려나야 한다며 한숨이구나.

처음에는 코로나 때문에 힘들었는데, 이것도 1년이 되니 코로나 때문에 힘이 든 건지 삶의 권태기가 찾아온 것인지 모르겠다고들 해. 예전처럼 친구들이라도 자주 만날 수만 있다면 맛있는 거 먹고 수다 떠는 것으로 스트레스를 풀 텐데 이제는 그것도 금지가 되어버렸어. 누군가에게 만나자고 하는 것도 미안한 시대를 살고 있다, 지금.

종교에 의지하는 사람들은 그나마 일반 사람들보다 더 잘 버티고 있는 것처럼 보였는데, 그것도 1년이 되니 누가 종교인이고 누가 일반인인지 모를 정도로 똑같이 힘들어해. 줌(zoom)으로 만나 이야기를 하는 건 확실히 한계가 있는 것 같아. 직접 만나서 소통하는 게 아니니 수박 겉핥기 식의 만남 같기도 하고.

다들 열심히 산다고 살았는데 왜 이렇게 힘든 것일까? 누구의 잘못일까? 열심히 살아온 죄도 아니고, 정부의 책임으로 넘기는 것도 위로가 안 되고, 가해자는 없는데 피해자들은 왜 이렇게 많은 것인지 모르겠다. 누구에게 위로를 받아야 할지 모르겠다. 다들 잘 지내는 것인지 아니면 잘 지내는 척하는 것인지….

마스크만이라도 벗고 살았으면 좋겠는데, 이놈의 마스크는 영 익숙해지지 않는구나. 마스크를 쓰고 걷기만 해도 숨이 찬데, 이걸 쓰고 헬스장에서 운동하는 사람들은 정말로 대단해.

몸을 움직여서 땀이라도 흘리면 기분 전환이라도 될 것 같은데, 마스크 때문에 숨이 막혀 외부 활동도 어려워. 마스크로 숨이 막히고, 거리두기와 활동 제재로 길이 막히고, 경제활동을 못하니 삶이 막힌다. 삶이란 원래 이렇게 힘든 것일까?

혁… 글을 쓰면서도 엄마는 계속 숨이 막히는구나. 희망 가득한 말을 해도 부족할 판에 엄마의 글들을 보면 우울감이 느껴질 정도로 안 좋은 말들이 많은 것 같다. 그렇지? 하지만 엄마가 정말 쓰고 싶은 말이기도 해. 오히려 행복하고 희망 가득할 때는 엄마가 그 어떤 말을 해도 네 귀에 들리지 않을 거야. 네가 정말로 힘이 들 때, 속상하고 눈물 날 때, 방법을 찾고 싶은데 잘 모를 때 참고서처럼 읽어줬으면 좋겠어. 말 그대로 참고서!! 정답이 있는 해답지가 아닌 참고서란다.

이건 엄마가 겪었던 인생의 문제집이거든. 분명 너는 엄마와는 다른 문제집을 풀 거라 생각해. 하지만 비슷한 문제를 풀 수도 있으니 그런 면에서 엄마가 어떻게 삶의 문제들을 하나씩 풀어나갔는지 봐줬으면 해.

엄마도 그렇고, 엄마 주변 사람들을 보면 열심히 산 사람일수록 권태기 또는 슬럼프를 겪는 경우가 많더라. 왜 그런 것일까?

남들보다 더 열심히 노력하며 살았는데.

엄마 생각에는 바로 그 이유 때문인 것 같아. 남들보다 더 열심히 노력했는데 그 결과가 만족스럽지 않을 때, 뭐든 뜻대로 되지 않으면 이런 결과를 보려고 내가 그동안 그렇게 참고 살았나 싶은 거지.

엄마는 주변 사람들이 봤을 때 삶에 대한 태도가 정말 모범생일 거야. 한 번 세운 목표는 거의 지키면서 살고 있고, 새벽같이 일어나서 내 시간을 만들어 사용하고, 회사도 다니고, 밤이면 또 사람들을 모아서 강연을 하거나 듣거나, 아니면 코칭을 하거나 받기도 하면서 모든 시간을 꽉꽉 채워서 쓰는 사람이지. 육아와 일, 두 마리 토끼를 놓치지 않고 잡으며 그 누구보다도 잘 버티려고 하는 사람이기 때문에 잘 있다가도 이런 삶의 권태기를 자주 맞이하게 되는 것 같아.

이런 사람일수록 금방 번아웃되는 경우가 많지. 잠을 줄여가면서 그렇게 노력했지만 세상일이라는 게 절대로 노력만으로 되는 건 아니거든. 계획대로 열심히 해도 결과는 계획대로 되지 않을 때가 더 많잖아. 그럴 때 오는 좌절감은 정말로 커. 세상 삶이 쉽지 않아. 돈 없고 빽 없는 사람은 스스로 노력하는 수밖에 없는데 그것도 안 된다고 하면 길이 안 보이잖아.

어느 날, 나의 노력에도 빛이 보이지 않고 진짜 이게 뭔가 하며 절망감을 느낄 때 한 강사님이 이렇게 말하더라. 그 강사님도 삶에 권태기가 찾아와 수도원에 가서 묵음 수행을 했는데, 그때 신의 음성이 들려왔다고 해.

"그래… 여기까지 참 잘 왔다."

그분의 이야기를 듣는데 내가 눈물이 핑 돌더라. 아마 그분과 같은 감정이었기 때문일 거야. "지금까지 열심히 살아서 느끼는 감정이니 이제는 좀 쉬어도 괜찮다. 고생했다. 잘하고 있다" 라고 하나님이 토닥여주시는 느낌이 들었어.

삶에 권태기가 찾아왔니?

네가 전력 질주를 한 번 했구나.

잘했다. 잘했어.

어떤 경험이든 엄마는 너를 응원하고 칭찬한단다. 여기까지 정말 잘 왔다고 칭찬해주고 싶어. 네가 권태를 느낄 만큼 너 자신을 태워봤다는 증거잖니. 그러니까 스스로를 칭찬해줘라.

"여기까지 진짜 잘 왔어… 바로 다시 힘을 내지 않아도 괜찮으니까 지금은 그냥 좀 있어주렴. 한 번 자기 자신을 불태워본 사람이라면 다시 일어날 힘도 분명히 있을 거라 생각해. 그러니까 그 시간이 길어진다고 스스로에게 뭐라고 하지 마. 늘어져 있어도 괜찮아. 그럴 자격 충분하니까. 괜찮은 사람이 되려고도 하지 마. 너는 이미 괜찮은 사람이니까."

삶의 권태기는 네가 열심히 살았다는 증거란다. 너 자신을 토닥여주고, 더 많이 사랑해주렴. 가장 큰 힘은 네가 너 자신을 믿는 힘이란다.

삶의 권태기로부터 위로받은
엄마가

P.S.
엄마가 했던 방법 한 가지를 알려줄게.
엄마는 속상하고 기분이 좋지 않을 때 생각나는 사람에게
커피 쿠폰이라든지 아니면 그를 위한 아주 작은 선물을 한단다.
갑자기 생각지도 못한 선물을 받으면 기분이 좋잖아.
그리고 그 사람을 위한 작은 카드를 쓰면서도 기분이 좋아지고…
그 사람이 기뻐하는 모습에 엄마도 기분이 좋아지더라.
기분전환 할 수 있는 가장 저렴하면서도 좋은 방법이라 생각해.
너도 한번 해보렴.

엠마누엘 필립스 폭스 〈한련〉 1912년 ——

에필로그

처음에는 딸에게 쓰는 편지였습니다. 그때그때 딸에게 해주고 싶은 말들을 적었는데, 적다 보니 딸에게 해주고픈 말도 있었지만 점점 나 자신에게 하고 싶은 말들이었나 봅니다. 힘들 때마다 삶을 복기하는 마음으로 써나갔습니다.

어느 날은 눈물을 흘리며 쓰기도 했어요. 왜 자꾸 이런 일들이 생기는지… 한편으로는 속상했지만 이렇게 다 써놓고 보니 제 자신에게 '잘 살았다!' 라는 말도 해주고 싶습니다.

딸에게 해주고 싶은 말들은 기쁠 때나 좋은 일이 있을 때보다 슬프거나 마음이 아플 때, 진짜 힘들었을 때 떠올랐습니다. 기쁘고 좋은 일들이 있을 때는 주변 사람들이나 친구들과 나누면 되고, 속상하고 힘들 때, 도대체 어떻게 해야 할지 모를 때에는 인생의 참고서처럼 가끔 한 번씩 열어봐줬으면 좋겠다는 생각이 들었고요. 그런 마음으로 시작한 글이었는데 힘든 일은 생각보다 자주 일어났습니다.

예전의 나였다면 "왜 이런 일이 이렇게 자주 생기는 거야!!" "왜 나한테만 이런 일이 있는 거지?" 하며 많이 힘들어했을 텐데, 글을 쓰면서 '글'이 가진 치유의 힘을 알게 되었습니다. 힘들 때마다 고난이라고 생각될 때마다 글을 썼고, 나 자신을 자세히 들여다보았습니다. 나 자신과 대화도 하고, 내가 왜 이렇게 힘이 드는지 스스로 분석해보기도 했습니다. 그러면서 어쩌면 그 답을 찾아간 것 같아요.

딸에게 도움이 되었으면 하는 바람으로 내 인생 문제들을 꺼내봤습니다. 인생은 우리에게 갑자기 다가와서는 시험문제를 툭 던져놓고 갑니다. 물론 내 딸이 풀 인생 문제는 나와는 많이 다르겠지만, 이 편지가 정답은 아니겠지만, 참고가 되길 바라는 마음으로 썼습니다.

다시 읽어보니 내가 이렇게 힘든 일들을 많이 겪었구나… 스스로 토닥토닥 해주게 됩니다. 아직 이런저런 문제들이 다 해결

되지 않고 남아 있지만, 또 다른 문제가 와도 이런 방식으로 풀어보면 되겠구나 싶어집니다. 이 글들은 저에게도 참고서가 되어주는군요. 나의 이런 상처들이 누구에게 도움이 될까 했는데, 나와 같은 혹은 비슷한 상처를 가진 분들에게 조금이나마 도움이 될 것 같다는 생각도 해봅니다.

멀리서 보면 인생 문제는 다 거기서 거기인 것 같습니다. 한때는 나만 이러는 줄 알았는데, 알고 보니 비슷한 유형의 문제를 풀고 있는 사람들이 많더라고요. 그래서 조금 더 용기 내어 제 경험들을 공유해보려고 합니다. 누군가에게 제 경험들이 위로가 되었으면 좋겠습니다.

요즘 많이 힘드시죠? 저도 처음에는 코로나 때문에 힘든 줄 알았습니다. 나만 이런 거 아니고 다른 사람도 이런 거야! 하며 스스로 위안을 삼았습니다. 그런데 이 상황이 끝날 기미가 안 보이네요. (사춘기를 심하게 겪어서) 이른 갱년기가 찾아왔나 생각도 해봤습니다. 그런데 글을 쓰면서 생각해보니 이것 또한 성장과정이었습니다.

　성장통이라는 게 10대에만 찾아오는 건 아니었더라고요. 대나무의 마디마디가 단단해져야 위로 쑥쑥 올라갈 수 있는 것처럼, 저는 지금 40대 중후반의 마디를 잘 만들어가고 있는 중입니다.

　지금의 삶이 힘든 분들이 봐주셨으면 좋겠습니다. 코로나로 힘든 사람들, 하루하루가 힘든 사람들, 이 책의 각 편지 제목처럼 힘든 일들이 생겼을 때 한 번씩 꺼내 봐주는 그런 책이 되었으면 합니다.

　내 딸을 위해서 썼지만, 이런 경험들이 내 딸 말고도 다른 사람들에게 위로가 되었으면 하는 바람입니다. 제 경험과 독자님들의 경험이 많이 다를 거예요. 하지만 삶의 큰 틀은 비슷하리라 생각합니다. 그냥 살다 보면 살아지는 것처럼 포기하지 말고 살아봅시다. 세상의 펀치가 내 뺨을 후려치더라도 연속으로 몰아치더라도 또 일어나 봅시다. 이것이 제가 가장 하고 싶은 말이었습니다.

"포기하지만 않는다면 다시 할 수 있다"고 제 딸에게도 말하고 싶었고, 너무 힘들어서 다 포기하고 싶은 이 땅의 모든 사람들에게 말해주고 싶었습니다.

지금 힘들다고 생각하는 모든 이들에게
엄마의 마음으로 편지를 보냅니다.

2021. 02. 16. 김여나

P.S.
세인아! 엄마 딸로 태어나줘서 고마워!
송영숙 여사님! 내 엄마여서 너무나도 감사해요!
이 글을 쓰게 하신 하나님 아버지! 감사합니다!!!

'지혜'가 필요할 때 읽어보렴

프롤로그

◇◇◇◇◇◇◇◇◇◇◇◇

아직도 해주고 싶은 말이 많은 딸에게 ♡

'30년 후 딸에게 보내는 편지'를 쓰고는 이제는 더 이상 할 말이 없겠지… 생각했었다. 한동안 펜을 놓고 글을 읽는 것에 집중을 했는데, 글을 읽으면 읽을수록 딸에게 해주고 싶은 말들이 더 생각나는 것은 왜일까?

이 엄마가 수다쟁이는 아닌데 나이가 든 것일까? 이 많은 이야기를 다 풀어놓는다면 정말 엄마한테 질려할 수도 있을 것 같아서 또 한 번 글로 써놓기로 했다. 네가 생각날 때 읽어주면 감사한 것이고, 설령 그렇지 않더라도 엄마는 엄마 마음속에 있는 말들을 남겨놓은 것으로 만족할게. 머릿속에 가득 넣고 다니는 것보다 글로 써두면 훨씬 가벼운 마음이 들 것 같구나.

지난번 편지들은 힘든 상황에서 쓴 글이 많았어. 엄마뿐 아니라 코로나 시대를 지나던 우리 모두가 힘들었을 거야. 그 시기를 먼저 지나온 사람으로서, 다음에 또 다른 무언가가 와서 네가 힘들어지는 순간을 맞닥뜨렸을 때 조금이나마 도움이 되었으면 좋겠다는 생각이 들어.

　그 글들은 너를 위해 시작했지만 마칠 때쯤에는 너만을 위한게 아니라 나를 위한 글이 되었고, 또 한편으로는 지금 힘든 모든 사람을 위한 글이 된 것 같아. 이 편지를 블로그와 브런치에 올렸는데 많은 피드백을 받았단다. 유명하지 않은 엄마의 글이 제목으로 어떻게 검색되었는지 우연히 읽어주신 분들이 큰 위로를 받았다며 많은 댓글과 메일을 보내주었어. 그 글들을 읽으며 엄마도 뭉클했단다.

　우울감이 너무 심해져서 어떻게 죽어야 잘 죽을지를 검색하다가 엄마의 글을 본 분이 계셨어. 딸에게 쓰는 편지였지만 자신이 그 글들을 읽고 많이 울었다며 일단 살라는 말이… 자존심은 중요하지 않다는 말이… 정말 자신이 듣고 싶었던 말이었다는 것을 알았다고 해.

이 세상에서 자신이 쓸모없다고만 생각했는데 네게 쓴 편지 글을 읽고 다시 살아야겠다고 생각하게 되었다는 그분의 글을 읽으며 엄마 또한 감사했단다.

또 어떤 분은 일찍 엄마가 돌아가셨는데, 어느 날 우연히 편지글을 읽으면서 엄마가 살아계셨으면 나에게 이런 말을 해주셨을 것 같다면서 정말 자신의 엄마의 편지를 읽는 마음으로 글을 읽었다고 하더구나.

딸아이만 둘인 한 아버님은 딸들에게 다정하게 다가서고 싶은데 이미 서먹한 사이가 된 지 오래라 아이들에게 어떻게 해줘야 할지 몰랐는데 이 글들을 읽고 딸들에게 편지를 써봐야겠다고 생각하게 되었대.

너무나 힘들 때 우연히 편지글을 읽고 자신에게 해주는 엄마의 이야기라 생각돼서 눈물을 많이 흘렸다는 분들의 메일을 받을 때마다 오히려 엄마가 더 많은 위로를 받은 것 같아.

나의 글이 누군가에게 위로가 되었다는 건 정말 감사한 일이란다. 나에게 힘든 상황들이 있었기에 이렇게 글을 쓸 수 있었고, 힘든 사람들의 마음을 이해하게 되어 감사하구나. 그때는 이렇게 어려운 일만 생기는 내 삶이 참 고달프다고 생각했는데, 그것조차 누군가에게 도움이 된다니 얼마나 감사한 삶이니.

진짜 삶은 모르겠다. 그래서 더 써보려고 해. 이런 변변치 않은 삶도 어떻게든 사용되고 있다고 생각하니 더 써야겠다는 생각이 든다. 너를 위해서… 그리고 나를 위해서… 또 어떻게든 인연이 될 그 누군가를 위해서….

이 글을 쓰는 동안 또 어떤 일들이 엄마에게 일어날지는 아무도 모르겠지. 여전히 코로나는 진행되고 있고, 매일 같이 400명 이상의 확진자들이 생기고 있어. 하지만 이제는 두꺼운 옷을 벗게 되고 엄마가 기다렸던 목련이 필 시기가 되었어. 미세먼지도 걷히고, 따뜻한 햇볕 가득 봄날이 오겠지.

추운 날만 있을 것 같더니 이렇게 바뀌는구나. 우리의 인생도 그렇다는 것을 다시 한 번 느끼게 된다. 그래서 살만 하다고 하는가 보다.

기대된다. 다가올 여름이….
그리고 우리의 삶이….

아직도 하고 싶은 말이 더 많이 남은
엄마가
2021. 03. 23.

도전하는 일마다 실패한다면

: : 시간을 좀 가져보렴 : :

날씨가 갑자기 너무 추워졌구나. 추위를 많이 타는 엄마에게 겨울은 힘든 계절이야. 추우면 꼼짝할 수도 없고, 외출하기도 힘들고, 두꺼운 옷을 입으니 움직임도 불편하고, 아! 이럴 때는 정말 따뜻한 나라에서 살고 싶다는 생각이 물씬 드네.

정말 오랜만에 엄마가 너에게 편지를 쓴다.

대략 따져보니 10개월 만이야. 지난 3월 이후로 엄마는 다시 글을 쓸 수가 없었단다. 물론 블로그에 매일 올리는 큐티는 하고 있었지. 하지만 너에게 쓰는 편지라든지, 그 외 엄마가 썼던 글쓰기 활동을 전혀 할 수가 없었단다.

핑계를 대자면, 너무 속상했다는 말이 맞을 거야. 글 쓰는 것에 대해 방황도 했단다. 원고를 써서 여러 곳에 응모했는데 다 떨어진 거야. 뭐 떨어진 게 이번이 처음이 아닌데도 그 이후 도

전한 모든 곳에서 다 좋지 못한 결과를 받았단다. 실패의 경험
이 자꾸 쌓이니까 두려움이라는 것이 생기더라.

사람들이 내 글을 좋아하지 않는 걸까? 아니면 내가 글을 잘
못쓰나? 그동안 책을 냈던 것은 정말 운이 좋아서였을까? 그동
안 낸 책들도 많이 못 팔아서 출판사 사장님만 보면 늘 미안한
마음이 가득했어. 그 이후 엄마는 '팔리는 글을 써야 하는데…'
라는 생각에 글을 쓸 수가 없었어.

글 쓰는 것을 정말 좋아하는 사람이었는데, 마음이 이러니 글
을 쓰다가도 '사람들이 좋아할까?' '이게 팔리는 글이 될까?' 라
는 생각이 들어 금세 다시 작아지더라. 초심은 다 어디로 가버
리고 정말로 상업적인 글만 쓰려고 하니 한 글자도 적을 수 없
는 거야. 그게 10개월 동안이나 이어졌어.

두려움은 사람을 움직이지 못하게 하더라. 아무도 나에게 "글
이 왜 그래요?" 했었던 사람 없었고, 오히려 출판사에서도 "계
속 글을 써보세요!" 하며 글쓰기를 추천했어. 엄마가 글을 쓰지
못했던 10개월 동안 엄마는 두 명의 독자에게 긴 장문의 편지도
받았고, 그 감동이 감격으로 이어져서 계속 글을 써야겠다! 라
고 다짐했음에도 불구하고 컴퓨터 앞에 앉으면 멍해져서 노트
북을 덮고 나오기를 반복했었어.

엄마의 글쓰기 초심은 '누군가 단 한 사람에게라도 나의 글이 위로가 되고 도움이 되었으면 좋겠다'였거든. 그런데 생각해보니 분명 한 사람은 넘었구나. 엄마의 책을 읽고 엄마에게 연락을 주신 분들도 있었고, 엄마와 함께 지금 모임을 하는 분들도 보면 다 엄마의 글을 보고 오신 분들이야. 내가 글을 썼고 나와 마음이 통했기 때문에 엄마에게 연락을 한 분들이지.

그리고 그 덕분에 엄마는 계속 글을 쓰게 되었고, 지금은 여러 권을 출판한 작가가 되지 않았겠니.

그런데 왜 그 10개월 동안에는 이런 생각을 못 하게 되었는지 몰라. 그때는 부정적인 생각만 가득해서 자꾸 엄마를 주저앉게 하더라. 그러다 누군가 추천해준 책을 읽게 되었어. 지금 엄마가 새벽에 하는 큐티가 '욥기'거든.

그 부분을 읽으면서 묵상하는데 너무 어려운 거야. 욥기를 이해할 수 있게 책을 추천해달라고 목사님께 부탁을 드렸더니 신달자 작가의 《나는 마흔에 생의 걸음마를 배웠다》를 추천해주셨어. 책을 읽어보니 왜 이 책을 추천해주셨는지 알 것 같았어. 우리나라 문학계를 주름잡았던 신달자 선생님의 에세이였는데, 그분의 삶 자체가 욥의 삶과 비슷하지 않았나 싶어. 결혼 후 얼마 지나지 않아서 남편이 뇌졸중으로 쓰러졌고, 힘들게 살아났지만 장애를 갖게 되었지. 그렇게 병간호를 하면서 24년을 지낸 거야. 병으로 장애를 얻게 된 남편은 여러 번의 자살 시도로 결국 정신병원에까지 다니게 되고, 이런 남편을 살려보겠다며 자신의 모든 시간과 돈을 들이고 정성을 쏟았지만, 팔이 부러지고, 입술이 터지도록 구타가 계속되었대.

그 와중에 친정엄마의 죽음, 시어머니의 오랜 투병생활까지 이어졌으니, 어린 세 딸과 몸과 마음에 장애를 입은 남편과의 삶이 정말로 죽을 만큼 힘들었을 것 같구나. 아마 목사님은 이 분의 삶을 통해서 엄마에게 용기에 대해 이해하기를 원하셨을 거야.

그런데 있잖니, 엄마는 이 책을 읽으면서 전혀 다른 감정을 얻었단다. 정말 질투가 날 정도로 글을 잘 쓴 책을 보면서 감탄했단다. 어쩌면 표현력이 그렇게 좋은지. 정말 책을 빨리 읽는다는 것이 아까울 정도였어. 그냥 일상적인 표현도 이분의 글을 거치면 모든 것이 다 영상화되는 듯했어. 영화를 보듯 책이 그려졌고, 정말 주인공의 기분이 얼마나 비참한지가 책을 통해서 생생하게 느껴졌단다. 책을 읽으면서 내용도 좋았지만, 글솜씨에 반해서 질투가 날 정도였어. 역시 다르구나. 신달자 선생님이라서 그런가? 지금보다 출판계가 더 어려웠던 그 시절에 글로 밥을 먹고사는 것뿐만 아니라, 남편과 아이들까지 다 돌볼 수 있을 정도였다니 부럽기 짝이 없었다.

책을 다 읽고 난 다음 신달자 님의 근황을 검색해봤어. 대학 교수님으로는 은퇴하셨지만 80이 다 되는 나이에도 여전히 활발하게 집필활동을 하고 계시더구나. 진짜 부러웠어. 그리고 진짜로 질투가 났지. 나도 그분처럼 글을 쓰고 싶다는 생각이 간절하게 들었어.

그런데 그분의 글 쓴 경력이 50여 년이라는 기사에 이상한 안도감이 생겼단다. 나는 40대에 글쓰기를 시작해서 고작 4년 정도 된 사람인 거야. 인지도가 없는 것도 당연하고 내 글이 사람들에게 사랑받지 못한 것도 어쩌면 너무나 당연해. 나도 신달자 선생님처럼 오랫동안 글을 쓰고 싶은 사람인데 이제 겨우 4년 해보고 이런 마음을 갖다니.

나는 실력이 없는 것이 아니라 시간이 없는 것이라는 생각도 해보았단다. 그분만큼 내가 글을 쓰지 않았고, 글을 썼던 시간이 그분보다 턱없이 부족한 것이지. 시간이 지나면, 내가 그분처럼 앞으로 46년을 더 글을 쓴다면 그분처럼 될 수도 있을 거야! 이런 오만방자한 생각도 해봤다. 생각은 자유니까.

그런데 신기한 건, 이 오만방자한 생각이 나를 자유롭게 하더라. 그때까지 엄마를 꽁꽁 둘러맸던 올가미가 풀렸고, 다시 글을 쓰고 싶다는 마음이 생긴 거야. 어떤 주제로 써야지 하는 계획도 없이 그냥 너에게 지금 이 이야기를 꺼내고 싶은 마음에 바로 노트북 앞에 앉았단다. 신기하지? 10개월 동안 정말 단 한 자로 쓰지 못한 엄마였는데, 지금은 신들린 것처럼 노트북 앞에서 글을 쓰고 있단다.

손이 엄마의 머리를 따라오지 못할 정도로…. (크크크)

생각해보니 실패에는 기다림의 시간이 필요한 것 같아. 지난 10개월 동안 한 글자도 쓰지 못했던 아픈 시간이 있었기에 지금이 너무 소중하단다. 그리고 내가 글 쓰는 것을 정말 좋아하는구나 라는 것도 다시 깨닫게 되었어. 더 잘 쓰고 싶다는 욕망도 갖게 되었고, 나에게 실패란 될 때까지 또 도전해보라는 기회를 주는 말이라고 생각하게 되더라.

앞으로 엄마는 계속 글을 써볼까 해. 그리고 오만방자한 생각도 가지고 있을 생각이다.

자신이 좋아하는 것이 무엇인지 알고, 남들이 뭐라 하든 계속 해나갈 수 있는 삶. 멋지지 않니?

비록 팔리지 않는 엄마의 글이지만, 초심으로 돌아가서 이 글이 누군가 단 한 사람에게라도 도움이 된다면 그것으로 괜찮을 것 같다. 진심이야.

에밀 무니에르 〈The Morning Meal〉 1880년 ———

나도 내 글에 조금 더 당당해져 보려고. 내 글을 내가 더 사랑해주고, 꾸준하게 써나간다면 언젠가는 출판사에도 미안하지 않은 마음이 들겠지! 그날이 빨리 왔으면 좋겠다.

딸아, 어떤 일을 하면서 실패를 계속 맛보게 될 수도 있을 거야. 엄마처럼 자신의 실력을 탓할 수도 있을 것이고, 속상해서 혼자 눈물 흘릴 때도 있을 것 같구나. 그럴 때면 잠시 시간을 가져보렴. 서두르지 않아도 돼.

너는 실력이 없는 것이 아니라, 그만큼 시간을 투자하지 못했던 것뿐이니까. 꾸준함에 이길 자가 없단다. 네가 좋아하는 일이라면 꼭 시간을 가지고 해보길….

10개월 동안 정체기에 빠져 한 글자도 쓸 수 없었다가
다시 웃게 된 엄마가

P.S.
살다 보면 수많은 실패를 경험하게 될 거야.
그때마다 너 자신을 응원해주렴.
살아가면서 실패는 당연히 겪게 되는 것. 실패는 지는 것이 아니야.
네가 어떻게 생각하느냐에 따라 그것을 배움으로 바꿀 수도 있단다.
실패해도, 수없이 넘어져도
너는 엄마의 사랑스러운 딸이라는 것을 잊지 마라.
너의 어떤 모습도 진심으로 사랑한다.

네 삶에 기적이 필요할 때

: : 이성의 눈을 감고 믿음의 눈으로 바라보렴 : :

요즘에 엄마의 새벽 기상이 매번 무너지는구나. 유독 추위에 약해 그런지 겨울에는 겨울잠을 자야 하는 곰이 되어가는 것 같아. 오늘 아침에도 겨우 일어나서 허둥지둥 출근했단다. 방학이라 늦잠 잘 수 있는 네가 오늘은 쪼금 부럽더라.

지하철에서 책을 읽다가 엄마의 가슴속에 훅 들어온 문구가 있어서 나눠볼까 해.

"믿음의 눈으로 보는 방법은 이성의 눈을 감는 것이다."

_《부자의 언어》 중에서

이 한마디가 오늘 하루 엄마를 설레게 하더라. 그리고 곰곰이 생각해봤지. 어제 친구와 전화 통화를 하면서 나눈 이야기와 연결되는 거 같아서 말이야.

"새해에는 일이 좀 잘 풀렸으면 좋겠다. 책도 좀 대박 났으면 좋겠고…. 그래서 회사 그만두고 내 일을 찾아서 열심히 뛰어보고 싶어"라며 엄마의 소망을 이야기했거든.

그런데 그 친구가 이렇게 말하는 거야.
"스스로에 대한 믿음을 좀 가져 봐. 하고 싶다가 아니라 미리 감사 인사부터 해보라고. '일이 잘 풀려서 감사합니다. 책이 대박이 나고, 나의 소명도 찾아서 그 일을 평생 즐겁게 할 수 있어서 감사합니다' 하며 믿음으로 나아가 봐! 왜 안 된다고 생각해? 안 된다고 생각하면 안 되고, 될 수 있다고 생각하면 되는 거야. 그러니 미리 감사하는 마음으로 네가 그 일들을 해 나간다면, 하나님도 너의 기도를 들어주시지 않을까?"

맞아. 언젠가부터 나는 나에 대한 믿음이 없어졌어. 그동안 많은 실패를 한 덕분(?)이기도 하고, 뭔가 해도 잘되지 않았던 경험(?) 덕분이기도 해. 그러니까 하고 싶다는 바람은 크고, 마음 한구석에는 그 바람이 진짜로 이루어질까 하는 의구심도 있었던 거지. 그래서 한편으로는 누군가의 도움 혹은 기적과 같은 일들을 바라고 있었는지 모르겠다.

며칠 전 희소병을 앓는 아이의 엄마 인터뷰를 보았단다. 정상으로 태어났는데, 아이가 열이 나고 아프기 시작하더니 병명도 알 수 없는 희소병으로 사지가 마비되었다는 이야기였어. 그런데 그 똑같은 병을 동생도 앓게 되면서 큰아이는 어릴 때 천국으로 갔고, 작은아이는 몇 번의 죽을 고비를 맞이했지만 그때마다 잘 넘겨서 엄마 곁에서 환한 미소로 힘을 주고 있다고 하더라.

의사들은 아이들이 6살을 넘기기 어렵다고 했는데 작은아이는 벌써 15살이라며, 말도 할 수 없고, 온몸이 비틀어져서 옷도 입을 수도, 제대로 서 있을 수도 없어서 매일 누워 있지만, 아이의 미소만큼은 엄마에게 가장 큰 힘을 주는 원동력이 되었지.

그 엄마는 "기적처럼 내 아이가 두 발로 일어섰으면 좋겠다. 정말 기적이라는 게 일어나서 아이가 앉아서 밥을 먹을 수 있었으면 정말 좋겠다"고 했어. 우리에겐 너무나도 당연한 일상이 누군가에게는 큰 기적인 거야.

인생을 사는 두 가지 방법이 있는데, 하나는 매일매일을 기적처럼 사는 삶이고, 다른 하나는 아무 기적도 없이 사는 삶이라고 하더구나.

그때는 이 말의 의미를 정확하게 몰랐는데 그 엄마의 인터뷰를 보고 나서 '아, 저분은 정말 매일매일을 기적처럼 사는 분이구나'를 알게 되었지. 말 못 하는 아이였지만 눈썹 깜빡이는 것을 보며 아이가 엄마에게 말하는 거라고 확신하는 엄마였어.

아이의 시선이 어디를 향하는지 모르지만, 엄마는 아이의 미소를 보며 아이 옆에는 천사가 있구나를 확신한다고 했단다.

믿음이라는 것은 이런 것이구나, 내가 확신할 때 그 믿음이 진짜가 되는 것이구나를 깨닫게 되었단다. 엄마는 엄마 인생에 기적 같은 일이 있었으면 좋겠다고 생각했어. 너도 네 인생에 기적이 필요하다고 생각하니? 아마 그럴 때가 있을 거야. 신데렐라의 요술 할머니처럼 내가 필요할 때 나에게 와서 요술 지팡이를 흔들어줄 사람이….

그런데 그렇게 언제 올지도 모르는 누군가에게 기대는 기적보다 내가 나에게 기적을 바라는 게 더 좋을 것 같다. 오늘 읽은 책 속 그 한 줄의 말처럼 이성의 눈을 감아보자. 어떤 일 때문에 할 수 없을 것 같은 너의 현실과 상황들로 보지 말고, 믿음의 눈으로 세상을 바라보도록 해보자.

너는 이미 누군가가 간절하게 원하는 기적 같은 일들을 하고 있잖니. 물 위를 걸어야만 하늘을 날아야만 기적이 아니라, 두 발로 땅에 서 있고, 혼자 힘으로 밥을 먹을 수 있는 기적, 매일매일을 살아내는 기적을 발휘하고 있으니, 다른 기적들도 일으켜보렴.

엄마도 이제는 그렇게 살아보려고 해. 좋은 출판사를 만나서 엄마의 글이 출판되는 기적, 정말 간절하게 원하는 일들을 하면서 세상에 좋은 영향력을 미치며 사는 기적을 믿음의 눈으로 바라볼 거야. 이제 엄마를 베스트셀러 작가라고 불러주겠니? 아니면 멋진 여사장님도 좋겠어. 히히히.

오늘 네게 하고 싶은 말은 실은 내가 나에게 하고 싶은 말이기도 해. 그래서 더 와닿는 것 같아.

와~~~ 정말 상상만 해도 행복하구나. 이미 된 거라 믿고, 그 믿음으로 살아보련다.

정말 그런 기적이 일어났는지, 30년 후 네가 이 편지를 읽을 때쯤이면 결과가 나와 있겠지.

또 설레는구나. 30년 후 오늘을 기억해주렴.

이미 나에게 온 기적들을 상상하며
행복해하고 있는 엄마가

P.S.
상상만 해도 행복해지는 이 일을 안 한다면 너만 손해겠지?
너의 믿음이 너를 그 길로 인도해줄 거야.
엄마가 먼저 그렇게 살아볼게. 사랑해! 딸!!!

——— 엠마누엘 필립스 폭스 〈A Love Story〉 1903년

결혼을 꼭 해야 하나 싶은 생각이
들 수도 있을 거야

:: 네 인생의 중요한 결정을 다른 사람에게 맡기지 마 ::

네가 이 편지를 읽을 때쯤이면 결혼을 했을 수도 있겠고, 이런 고민을 하고 있을지도 모르겠어. 30년 뒤에는 결혼을 꼭 해야 하는가에 대한 고민 자체를 안 하는 사람이 많을 수도 있고.

요즘에는 능력 있는 싱글들이 참 많아. 점점 늘어나는 것 같아. 나이가 좀 찬 딸을 가진 교회 권사님들은 애가 타시는지, 주변에 보는 사람마다 괜찮은 신랑감 소개 좀 하라는 말을 많이 하시더라.

만약 30년 뒤 네가 결혼을 안 했다면 엄마도 그럴까?

"결혼 꼭 해야 하나요?" 하는 질문을 종종 받는단다. 친구들 사는 거라든지 주변 사람들의 결혼 생활을 보면 딱히 행복한 것 같지는 않은데, 그래도 예쁜 아이들을 보면 결혼은 하긴 해야 할 것 같다는 여성을 만났어. 하지만 막상 남자들을 만나보면 결혼하고 싶은 생각이 확! 달아나버리니 결혼은 어려울 것 같다며 이미 반 이상은 자포자기한 것 같았지.

그러면서 엄마가 롤 모델이라고 하더구나. 남들 눈에는 그냥 저냥 결혼해서 예쁜 딸 낳고, 자기 일 하면서 사는 모습이 좋아 보였을 수도 있겠지. 그녀는 말했어.

"저는 욕심 없어요. 그냥 아주 평범하게 사는 것이 꿈이에요."

그 말을 들으니 내가 평범한 건가? 하는 생각과 함께 한편으로는 범주 안에 들었다는 것에 대해 감사한 마음이 들었지.

"결혼을 꼭 해야 할까요?" 라는 질문에 "결혼하고 싶으세요?" 하고 반문해 보았단다. 그녀의 대답은 이랬어.

"아직은 아닌 것 같아요. 좋은 사람도 없고, 또 언제 만날지도 모르겠고. 좋은 사람들은 이미 유부남이거나 여자 친구가 있는 남자들뿐이네요."

"결혼하면요, 지금까지 자유롭게 살았던 거 못 할 수도 있어요. 아이 때문에 결혼한다고요? 아이 때문에 힘들어져서 자포자기할 때도 있어요. 포기해야 할 것도 많고, 점점 아줌마처럼 변하는 자기 모습에 실망할 수도 있어요. 친하기 어려운 시댁을 만날 수도 있고요, 남편은 말 그대로 남의 편이에요. 내 편인 줄 알고 결혼했다가 그대로 뒤통수 맞기도 하지요. 결혼하면 그 남자의 몰랐던 단점들이 더 눈에 들어와요. 지저분한 모습도 많이 보게 되고, 내 앞에서 방귀 뀌는 모습에 질리기도 할 거예요."

"지금 저한테 결혼하지 말라고 이런 말씀 해주시는 거죠?"
그래도 긍정의 대답을 기대했는지 그녀는 한숨을 쉬며 조금 실망한 모양이었어.

"하지만, 아이는요…. 그 모든 것을 다 잊게 해줘요. 나를 힘들게 해도 사랑스럽고요. 미소 짓게 해요. 다른 거 때문에 다 힘들어서 포기하고 싶어도 이 아이의 미소 때문에 용서하게 되는 것도 있답니다. 내 아이 때문에 열심히 살아야겠다는 생각도 들고요, 미웠던 남편도 아이 때문에 고맙게 생각되네요. 아줌마 같은 내 몸매, 그리고 뭘 해도 뼛속까지 애 엄마 같이 변하는 내 모습에 실망도 하지만, 이 아이의 엄마라는 게 좋아요. 만약 하나님이 나를 다시 태어나게 해주신다면, 멋진 전문직 여성으로 사는 삶과 세인 엄마로 사는 삶 둘 중 하나를 선택할 수 있다면, 나는 주저하지 않고 세인 엄마를 선택할 거 같아요."

엄마의 대답은 정말로 진심이었단다. 그리고 결혼해야겠다는 생각이 안 들면 아직은 때가 되지 않은 것이니 하지 말라고 말해주었어. 누군가 등 떠밀어서 결혼하는 건 자신의 인생을 망치는 일이 될 수도 있어. 그리고 상대편에게도 무척 불행한 일이니 하지 말라고 했어. 늘 "결혼해라!" 라는 말만 듣고 산 그녀에게 엄마의 말은 충격이었을까? 하지만 엄마는 결혼이란 꿈만 같지 않다는 것, 그리고 최악의 경우만 있지도 않다는 것을 말해주고 싶었단다.

결혼. 정말 해야 하는 건지 망설이는 사람에게 뭐라고 이야기해 주면 좋을까? 생각난 김에 주변에 물어봤어. 요즘에는 SNS가 워낙 잘되어 있다 보니, 카톡으로 한꺼번에 물어보고 피드백을 받을 수 있어서 좋더구나. 그녀들의 대답은 "굳이…" 였어. 결혼해서 행복하게 잘 살고 있는 것 같은 그녀들의 대답도 비슷했단다. 결혼을 꼭 해야 하는 건 아니라며, 정말 이제 결혼은 선택이지 필수는 아니라는 말에 느낌표를 수없이 붙이면서 말이야. 그런데 웃긴 건 그녀들의 덧붙임 말이 죄다 "아이는 정말 예뻐요" 라는 거야.

엄마 친구들은 대부분 29살을 넘기지 않고 결혼했단다. 그 친구들이 엄마가 싱글일 때 했던 이야기도 똑같았지.

"결혼하지 마! 굳이 하지 않아도 돼. 하지만, 아이는 한번 낳

아볼만 해!" 라며 실컷 신랑 욕 시댁 욕을 한 바가지씩 늘어놓고
선 결국에는 신랑에게 연락해서 "나 좀 태우러 와줘~" 하고 신
랑 차를 타고 돌아가는 그녀들을 보며 엄마는 혼자서 쓸쓸히 택
시를 타고 집으로 돌아온 기억이 있어.

그런데 웃긴 건 지금 엄마도 똑같은 생각을 하고 있다는 거
야. 만약 다시 태어난다면 지금 이 사람과의 결혼은 고려해보겠
지만, 세인이 엄마는 되고 싶구나.

결혼, 해도 후회! 안 해도 후회한단다. 그러니까 해! 라는 말
은 정말로 무책임한 말이야. 그러니까 하지 마! 라는 말도 무책
임한 거지. 애는 예쁘니까 애만 낳아라!! 라는 말도 더더욱 무책
임해서 하기 싫어.

하지만 "결혼 꼭 해야 해요?" 라는 질문을 한다면 그런 생각이
들 때에는 결혼을 하지 말라고 이야기하고 싶구나. 어떤 선택을
해도 후회할 일은 꼭 생기잖니. 반드시 좋은 일만, 또는 나쁜 일
만 있는 것은 아니란다. 네 마음에서 울림이 있을 때 해야 한다
고 생각해. 상대방의 어떤 조건이 아닌, 그 사람이 아무것도 없
더라도 함께하고 싶고, 책임을 함께 나눠질 수 있다는 생각이
든다면 그때 해도 괜찮아.

결혼에 있어서 네게 이래라저래라 말은 하고 싶지 않단다. 왜 냐하면 어떤 말을 하든 그건 잔소리거든. 그리고 말이 많아지다 보면 엄마 의견이 들어갈 수밖에 없어. 분명한 건 네 인생의 중요한 결정을 다른 사람에게 맡기지 말라는 것! 엄마는 이렇게만 말할게.

네가 어떤 선택을 하건 엄마는 너를 안아줄 거야. 설령 네가 선부른 선택으로 이혼한다고 하더라도 엄마는 아무 말 하지 않을 거다. 관심이 없다는 말이 아니란다. 분명 너도 네 인생을 쉽게 결정하지 않았을 것이고, 그렇게 결정하기까지 정말로 힘들었을 너를 아무 말 없이 안아주는 것이 엄마가 해야 할 일이니까.

어떤 선택을 하건 엄마는 네 편이 될 수밖에 없다는 사실을 잊지 말아.

너의 어떤 모습도 진심으로 사랑하는
엄마가

외로워서 결혼하고 싶은 생각이 든다면

: : 결핍을 채우려고 하면 그 결핍 때문에 더 힘들어져 : :

오늘은 누군가의 댓글에 마음이 가는구나.

전혀 모르는 분이지만 그 마음을 알 것도 같고, 혹시나 조금이나마 도움이 될까 싶어서 글을 써볼까 해. 엄마도 오지랖이 점점 넓어지나 봐. 이건 너를 낳고 나서 생긴 거야. 다른 사람의 삶에 눈길조차 주지 않았는데, 아이를 낳고 나서는 주변 아이들이 보이고, 그 아이를 양육하는 엄마들이 보이고, 그 가정들이 눈에 들어오더라. 정말 오리지널 아줌마 오지라퍼가 됐나 봐. 하하하~.

"너무 외로워서요. 그냥 결혼이라도 할까 봐요."

솔직히 글쓴이의 앞뒤 사정을 모르므로, 어떤 마음으로 이런 말을 했을까? 생각하며 한참을 들여다봤단다. 혹시나 그 글에 다른 마음이 묻어날까 하고⋯. 만약 우리 딸이라면⋯.

160

그래, 내 딸도 그럴 수 있겠지. 요즘 또 세상이 얼마나 살기 힘드니.

코로나 확진자가 하루 7천 명이 넘으면서 다시 거리두기가 강화되었고, 사람들은 더욱 각박해진 것 같아. 마스크 안 쓴다고 두드려 패는 사람이 있지 않나, 약속들과 모임들이 줄줄이 취소되고, 연말이라 혼자 있는 게 정말로 외로울 것 같기도 해.

그래… 외로움을 견디는 게 쉽지 않지. 내 상황이 좋아져야 외로움도 즐길 수가 있는데, 상황이 좋지 않으면 외로움은 극한 우울증까지 동반하더라. 글을 쓰다 보니 그분 마음도 이해가 간다.

엄마 친구 중 결혼을 일찍 한 친구들을 보면 어릴 때부터 혼자 산 경우가 많았단다. 학교 때문에 서울에 와서 혼자 오랫동안 산 친구들은 부모님 눈치를 볼 필요도 없고, 부쩍 외로움을 타다가 당시 만나고 있던 남자친구와 결혼까지 하더라고. 그런데 참 웃긴 건 결핍이 있어서 그 결핍을 채우려고 하면, 그 결핍 때문에 또 힘들어진다는 거야. "외로워서 결혼했는데, 결혼하니 더 외롭더라" 라는 친구의 말이 남 이야기처럼 들리지 않았어. 금전적인 문제 때문에 결혼한 친구도 마찬가지야. 둘이 벌면 더 많이 벌 수 있을 것 같고, 뭔가 더 빨리 앞으로 나아갈 수 있을 것 같았는데, 결혼하면서 아이도 생기고 결국에는 남편의 외벌이와 양가까지 챙겨야 하는 사정에 더 쪼들린다는 이야기도 심심치 않게 들렸지.

필요에 의해서 한 결혼은 결국 결핍을 부르게 되어 있어. 결혼하면 그 남자가 나하고만 놀아줄 것 같니? 오히려 결혼하면 일하는 곳에서 인정받아야 한다며 집에 더 늦게 들어올 수도 있고, 일찍 들어가려는 남편을 주변에서 팔불출이라 놀리며 못 가게 해서 귀가가 늦는 유부남들도 있단다. 외로워서 결혼했는데 결혼하고 나서 더 외로워진 거지. 혼자서 외로움을 잘 견디는 법을 배웠어야 했는데, 그 해답을 사람에게서 찾으려고 했으니 실망감이 커지면서 내가 이러려고 결혼했나? 라는 자괴감에 빠지게 될지도 모른다.

나에게 무언가 부족함을 느끼면 내가 채우면 된단다. 그것을 굳이 남편으로부터 채우려고 하면 본인이 가장 힘들어져. 남편은 신이 아니기 때문에 완벽하게 나의 부족함을 채워줄 수 있는 사람이 아니야. 그리고 결핍이 있다면 그대로 인정하는 것이 좋단다. 그 결핍으로 인해서 자존감을 낮출 필요도 없고, 자신을 못난 사람이라고 여길 필요도 없어.
'지금 이 남자 아니면 안 돼' 라는 생각도 버렸으면 좋겠다.

안타깝게도 엄마의 낮은 자존감은 아이에게도 영향을 끼친다는구나.

반대의 경우도 있어. 부족한 남자를 내가 채우려고 하지 않았으면 좋겠다. 나로 인해서 이 사람이 변할 거라는 생각은 절대 하지 말아야 해. 가끔 그런 친구들이 있더라. 자신이 원하는 조건을 다 가진 남자인데 아픔이 있다는 거야. 사람마다 다 다르겠지. 가정환경이 될 수도 있고, 자신이 이루지 못한 꿈 때문일 수도 있어. 여자는 그 남자의 단 한 가지의 단점을 자신이 채워주려고 해. 그리고 그 남자가 자신으로 인해서 바뀔 거라는 희망을 품고 결혼을 하지.

사랑에 빠지면 호르몬 때문에 상대방을 제대로 보지 못한단다. 내가 봤던 장점들이 시간이 지나 단점으로 느껴질 수도 있어. 과묵한 성격에 내 모든 것을 포용해줄 것 같아서 좋았는데, 결혼 후 말도 안 하고 혼자만의 굴속에서 나오지 않는 남자가 될 수도 있단다.

시어머니가 지금까지 바꾸지 못했던 것을 네가 사랑의 힘으로 바꿀 수 있다고 생각하니? 그것은 정말로 엄청난 착각이란다. 사람은 쉽게 바뀌지 않는단다. 죽을 고비를 겪거나, 엄청난 고난에 종교의 힘으로 깨달음이 있어 거듭나기 전까지는 쉽게 바뀌지 않아. 그의 부족함을 그대로 인정하면서 결혼해야지 그 부족함을 내가 채우거나 바꾸려고 결혼하는 것은 아주 위험한 도전이란다.

마지막으로, 가치관이 다른 사람과의 결혼은 다시 생각해봤으면 좋겠다. 가치관은 그 사람의 삶의 지표란다. 방향은 맞지만 도달하는 지점이 다르다면 그것도 힘들어. 평소에 자신이 생각하고 있던 가치관을 충분히 공유했으면 좋겠구나.

가치관이 별거 아니라고 생각하는 사람들이 있어. 그의 가치관과 나의 가치관이 다르지만, 아이 낳고 살다 보면 달라질 거라 생각하는 사람들이 있는데, 결혼관이나 인생 가치관은 정말로 변하지 않아. 결혼 전에 많은 이야기를 나누면서 너의 인생관을 공유할 수 있는 사람인지 꼭 판단했으면 좋겠다.

가치관은 종교의 영향도 많이 받아. 그래서 종교관과도 연결이 되지. 사람들은 종교에 대해서 대수롭지 않게 생각하는데, 주변을 보면 의외로 많은 부분에서 부딪치더라고.

두 집안의 종교가 다른 건 네가 생각하는 것보다 아주 큰 문제란다. 결혼 전의 약속은 정치인의 공약과 다름없어. 종교 생활을 함께할 수 없다는 건 굉장히 외로운 싸움이 될 수도 있어.

어떻게든 잘 되겠지 하는 안이한 생각으로 후회할 일들을 만들지 않았으면 좋겠다.

엄마가 결혼에 대해서는 정말 별말을 다 하는구나. 결혼이라는 것이 그렇더라. 내 인생을 한 번 뒤집어놓는 행위? 고급스럽게 말한다면 내 인생을 성숙하게 숙성하는 단계? 인 것 같더라. 그래서 말이 많은가 봐. 엄마가….

엄마도 처음이라서 너무 어설펐고, 잘 몰랐고, 그래서 너무 많이 힘들어서 더 그랬나 봐. 엄마 인생도 한 번 뒤집혔고, 또 그 후 성숙하고 숙성되었기 때문에 이런 글까지 쓰게 되었네. 한동안 내게 결혼이라는 것이 왜 이렇게 힘든 거지? 왜 신은 이런 고난을 나에게 허락하신 걸까? 생각한 적이 있었단다.

그런데 어느 책에 이런 말이 나오더라. 신이 고난을 허락한 것은 도울 마음을 준비시키기 위한 거라고. 가만히 그 글을 곱씹어보니 무슨 뜻인지 알겠더라. 엄마가 결혼을 준비하는 친구들에게 할 말이 많은 것도, 나이 든 싱글들에게 더더욱 오지라퍼가 되는 것도 엄마에게 이미 그들을 돕고 싶은 마음이 준비되었기 때문에 그런 것 같아.

딸아, 너는 엄마에게 있어서 가장 소중한 사람이야. 이 편지 글을 읽는 다른 누군가도 마찬가지일 게다. 우리는 다 누군가의 소중한 딸이지. 그런 소중한 사람이 가장 행복해야 할 결혼 생활로 힘들어한다면 보고 있는 엄마도 정말 힘들 거야. (그렇다고 엄마를 위해서 참으라는 말은 절대 아니란다. 알지?)

너의 결혼이 결핍으로 이루어지지 않았으면 좋겠다는 생각에 엄마가 아주 길게 말했네.

너의 행복을 위해 늘 기도한단다.

너보다 더 너의 행복을 바라는
엄마가

P.S.
결혼에 대한 긴 편지는 정말 잔소리라 생각할 수도 있겠다.
미안! 딸!!! 이제 진짜 잔소리 안 한다! 약속!!!

여름 정원의 여인들 〈Women and children in a garden in summer〉

주변에 결혼할 사람이 없다면

: : 멋진 사람을 만나려면 너부터 멋진 사람이 되어야 해 : :

주변에 결혼 안 한 친구들을 보면 하나같이 "결혼할 사람이 없다"라고 말해. 나 또한 결혼을 늦었기 때문에 그 마음 모르는 건 아니지. 그때 친구들은 우스갯소리로 "너 그렇게 고르고 고르다가 나중에 휴지통 뒤지게 된다!"고 했었단다. 사람 만나는 게 쉽지 않더라고. 어떤 사람이 진짜 괜찮은 사람인지 알아보는 판단력도 희미해져가고 말이야.

20대에 얼굴 위주로 사람을 보았다면, 30대에는 그 사람이 자신의 일을 얼마나 잘해 나가는지, 능력은 어떤지를 보게 되더구나. SNS가 활발해진 바람에 몇 사람만 건너면 사람 신상이 금방 털리는 세상이 되었어. 핸드폰 번호만 입력하면 카카오톡 친구로 자동 등록이 되면서 그가 올린 사진들을 확인할 수 있고, 예전에 올렸던 스토리까지 확인할 수 있는 세상이다. 얼굴은 물론, 그 사람이 어떻게 지내는지, 무엇을 좋아하는지, 취미는 무엇인지, 어떤 생각을 하면서 살고 있는지 까지도 알 수 있게 되었어. 페이스북을 통해서 그 사람 친한 친구들을 확인할 수도 있고, 그 친구들을 보면서 그 남자를 상상해낼 수 있는 무서운 세상에 우리는 살고 있어.

그러면서 얼굴이 못생겼네, 대머리 기질이 보인다는 등 생긴 게 좀 아니라며 아직도 얼굴 가지고 판단하는 친구들이 많더구나. 내가 만약 같은 싱글이라면 그녀들의 마음에 공감을 했을지도 모르겠다.

하지만 이제는 엄마도 나이가 들어서 그런지 사람 보는 눈이 확실히 달라졌어. 고르고 골라서 결혼했지만 그 선택을 후회한 적이 많아서 나와 같은 후회는 하지 말라는 뜻에서 이야기하고 싶어.

외모는 흔히들 결혼식장에서 단 30분만 참으면 된다는 말도 있어. 결혼식장에서 분장시켜 놓고 턱시도 입히고 조명발 받으면 괜찮아 보여. 키? 요즘 키높이 구두가 흔해졌고, 지금은 남편이랑 손잡고 다닌 때가 언제였는지 기억도 나지 않는구나. 오히려 집에서 앉아 있거나 누워 있을 때가 더 많아서 이 사람이 키가 컸는지 작았는지도 잘 모르겠다. 정말 이제 외모는 결혼할 남자 평가 순위에도 들지 않는단다.

2세가 걱정돼서 잘생긴 남편 만나야 한다는 말은 안 했으면 좋겠어. 요즘 애들은 다 잘 입고 잘 꾸며서 진짜 못생겼더라도 개성 있게 하고 다녀서 멋지더구나. 오히려 자신만의 개성을 추구하는 스타일이 훨씬 멋지잖니.

능력? 물론 그것도 중요하지. 하지만 워낙 빠르게 바뀌는 세상이라 대기업 다닌다고 다 좋은 것도 아니고, 물려받은 재산 많다고 좋은 것도 아니더라. 물고기 잡는 법을 모르는 사람에게 던져진 생선 덩어리는 독이 될 수도 있더라고. 능력 많은 사람을 찾는 것보다 엄마는 너의 능력을 더 키워서 중요한 것들을 볼 수 있는 네가 되었으면 좋겠다.

엄마 친구 중에 남편하고 정말 맞지 않는다고 푸념하는 친구가 있단다. 초등학교 짝꿍과 결혼한 그 친구는 남편을 열 살 때부터 알아왔고, 교제를 한 기간도 15년이 넘었고, 같이 산 기간은 20년이 넘었어. 그러면서도 잘 모르겠다는 게 남편이라는 작자라고 하더구나. 그런 그녀가 그래도 남편이랑 같이 사는 이유는 '아이들' 외에도 남편과 '취미'가 맞아서래. 둘 다 집에서 간단하게 음주를 즐기는 것을 좋아해서 아무리 싸우고 화가 났더라도 그다음 날 같이 저녁을 먹으면서 반주 한잔 하는 것으로 자신들의 화해 방법을 찾은 거지.

그렇게 오랫동안 알아왔고, 같이 살았으면서도 1부터 10까지 맞는 게 하나도 없는 부부가 딱 하나 맞는 거라고는 집에서 둘만의 음주를 즐기는 취미라니. 그 취미 때문에 산다는 말이 웃기기도 했지만, 그 시간에 둘이서 맛있는 음식을 만들어 먹으면서 이런저런 이야기를 하게 된다는 게 중요한 거야. 결혼하지 않은 친구라면 이해할 수 없는 말이겠지. 어떻게 취미가 맞는다고 같이 살 수 있어? 라고 할지 모르겠지만, 각자 자신이 생각하는 중요한 한 가지만 맞아도 살 수 있다는 이야기를 하는 거야.

설마 아직도 동화 속 왕자님이 백마 타고 나를 찾아오는 꿈을 꾸는 건 아니겠지? 아직도 잘 생긴 건 기본, 능력 좋고 성격도 좋고, 집안까지 좋은 남자를 찾고 있는 친구들이 있다면 이렇게 물어보고 싶어.
"너는 그런 남자가 좋아할 만한 자격을 갖추었니?" 라고.

그런 조건이 되지 않으면서 남자들을 조건 보고 선택하는 것은 어불성설이지. 아니면 신데렐라처럼 유리 구두를 벗어놓는 전략이라도 짜야 하는데 아무런 노력도 하지 않고 언젠가는 그런 사람이 와줄 거라고 믿으며 기다리고 있더구나. 괜한 믿음으로 하나님을 원망하지 않기 바란다. 하나님도 노력하는 사람에게 도움을 주시지 감나무 아래에서 감 떨어지기를 기다리는 사람 입속으로 감을 넣어주시지 않는 분이라는 거 너도 알지?

꼭 그런 남자들을 만나기 위해 자신의 신분을 상승시키라는 게 아니라, 네가 그런 조건들을 본다면 너 자신도 그런 조건에 충족해야 한다고 말하고 싶구나. 좋은 남자를 만나고 싶다면 나부터가 좋은 여자가 되어야 해. 능력 있는 남자를 만나고 싶으면 나부터 능력을 키워야 하고, 성격 좋은 남자를 만나려면 내 성격부터 좋아야 해.

아직도 능력 있는 남자 만나서 팔자 바꿀 생각을 하니? 그럼 어린 나이에 나이 많은 남자 만나서 빨리 애 낳고 문화센터 다니면서 취미생활이나 하며 지내다가 우울증 걸릴지도 모른다는 사실도 염두에 두시길!!! 뭐 다 그런 것은 아니지만, 그럴 확률은 높다는 거! 나이 들었다고 이쯤에서 그만할까 하며 적당히 타협도 하지 말기를!!! 네가 한 적당한 타협이 네 인생의 발목을 잡을지도 모르니까!

"결혼 꼭 해야 하나요?" 하는 질문은 "나는 아직 결혼 생각이 없어요" 라는 말과 같고, "아이 꼭 낳아야 하나요?" 라는 질문은 "아직 육아에 자신이 없어요" 하는 말과 같아. 결혼과 육아! 웬만한 각오 없이 덤비지 말기를 바란다. 너의 안일한 생각으로 한 남자가 고통을 받을 수 있고, 아이가 엄마 때문에 힘들어할 수도 있단다. 결혼은 인생에 대한 책임이야. 이쯤에서 타협하지 말고, 진짜 내가 감당할 수 있을 때 해야 해! 그래야 모두가 다 행복하단다.

결혼! 정말로 중요한 문제란다. 절대로 타인의 말에 휘둘리지 말고!!! 감정에 휘둘리지 말고!! 엄마가 몇 번씩 느낌표 찍는 거 보면 알지?

멋진 사람을 만나려면, 너부터 멋진 여성이 되어야 해!!!
주변에 사람 없다고 한탄하지 말고, 멋지게 네 인생을 살아가다 보면 분명 네게도 멋진 사람과의 만남이 생길 거야.
엄마는 그날을 기대할게.

네 인생의 축복을 위해
늘 기도하는 엄마가

P.S.
막상 그날이 오면 엄마도 매의 눈으로 변하겠지?
그래도 엄마는 너의 행복을 진심으로 축하해주는 엄마가 되고 싶어.
정말 좋은 사람 만나기를 지금부터 기도해야겠다!!!

스스로 초라해 보인다면

: : 너는 이미 너 자체로 충분히 빛난단다 : :

진짜 춥구나. 엄마는 추위가 왜 이렇게 힘든지 모르겠다. 추 우면 아무것도 못 할 것 같고, 엄마의 에너지는 몸을 보호하느라 다 써버리는 듯해. 정말 따뜻한 나라에서 살아볼까 고민이란다.

엄마가 1년살기 모임에서 힘들다고 앙탈을 부렸나 봐. 주변 에서 '좀 쉬는 시간을 가져보자'는 말도 해주고, 너와 즐겁게 보 라고 영화표도 선물해주더라. 와~ 얼마 만에 가는 영화관인 지… 코로나 발생하고 처음이지, 아마. 그냥 대략 계산해도 2년 이 넘어가네.

코로나 상황이라 그런지 영화관에서 너와 함께 볼 수 있는 영 화는 정말 하나씩밖에 없었어. 선택의 여지 없이 우리는 〈엔칸 토: 마법의 세계〉라는 영화를 봤어. 거리두기 때문에 너랑 사촌 인 예인이랑 둘이서 보고 엄마 혼자서 떨어져 봤더랬지. 영화를 보다 보니 떨어져서 보길 잘했더라고.

내가 어린이 만화 영화를 보면서 울 뻔한 걸 들키고 싶지 않았거든. 내가 이럴 줄 몰랐다. 울컥하는 마음을 차분히 다독이며 '아, 내가 진짜 많이 힘들었나?' 했어.

〈엔칸토〉의 내용은 이런 거였어. 특별한 마법의 능력을 하나씩 가지고 있는 가족의 이야기인데, 그중 주인공만 그런 능력이 없는 거야. 주인공은 스스로 괜찮다며 항상 밝은 모습으로 지냈고, 가족들을 자랑스러워했단다. 그런데 자기 사촌동생이 특별한 능력을 받아 마을 전체가 축제를 벌였을 때는 혼자서 '왜 나만 이런 능력을 받지 못한 것일까?' 하는 생각에 잠겨 우울해했단다.

여기서 첫 번째 울컥!했단다. 그 주인공 소녀의 모습에서 내가 보였거든. 딱히 잘하는 것도 없고, 능력도 상황도 좋지 않은 내 모습. 그렇다고 주인공처럼 밝은 모습으로 사는 것도 아닌데, 사람들 앞에 서면 아무렇지도 않은 듯 밝게 지내고 있는 모습. 물론 애니메이션이긴 하지만 웃고 있는 저 소녀의 웃음 뒤에 있을 씁쓸함에 나 혼자 울컥한 거지.

주인공의 언니는 능력자였단다. 특별한 사람이었지. 힘이 어마어마하게 세서, 강줄기를 옮기고, 길을 내고, 마을의 어려운 일들을 척척 맡아서 했어. 그런데 그 언니에게도 걱정이 있더라. 내심 그 마법이 사라져버리지는 않을까, 완벽한 자기 모습을 잃게 되지는 않을까 두려웠던 거야. 능력자들에게는 저런 두려움이 있을 수도 있겠구나.

일주일 전 '1년 살기' 12월 정기모임이 있었단다. 벌써 이 모임이 운영된 지 6년 차가 되었어. 3년까지는 정말 최고의 성과를 보였는데 코로나가 발생하면서 2020년은 처음 겪는 일이라 얼떨결에 보낸 것 같고, 2021년은 곧 있으면 끝나겠지 하는 희망으로 보냈단다. 그런데 2022년에는 그런 희망조차 보이지 않더라. 줌으로 모임을 유지하고 있지만 오프라인 모임과 달리 끈끈함을 느낄 수가 없어서 그런지, 사람들도 계속되는 코로나 상황속에서 힘들어서 그런지 모임이 탄탄하게 유지되는 게 쉽지 않았던 거야.

사람들이 좋으니 잃고 싶지 않다는 욕심이 들고, 모임 전체를 생각하면 역시 박수칠 때 떠나는 게 가장 좋은 것이 아닐까? 하는 생각을 하고 있었단다.

나에게 좀 더 멋진 리더십이 있었더라면… 내가 더 성공한 모습을 보였더라면… 내가 뭔가 좀 됐더라면… 하면서 자꾸 능력 없는 나 자신을 탓하고 있었어. 그러면서 엄마도 속상했지. 왜 나는 자꾸 안 되는 걸까? 뭔가 꾸준히 하면 될 줄 알았는데, 남들에게 보여줄 것 없는 내 모습에 스스로 실망도 많이 했단다.

하나님은 나를 리더로 세워주셨으면서 왜 그런 능력은 주시지 않은 것일까? 사명을 주셨으면 그에 맞는 능력도 주신다고 했는데 왜 나한테는 그런 능력을 주시지 않은 것인지, 그냥 나 자신이 참 초라해지더라고.
영화 속 주인공 마음에 엄마 마음이 오버랩되었어.

사람들은 영화 주인공처럼 특별해지길 원해. 좀 더 능력이 있었으면 좋겠다는 바람을 갖고 살지. 특별한 능력으로 더 나은 나를 만들 수 있고, 지금보다 훨씬 더 좋은 삶을 살 거라는 희망을 품으면서 말이야.
그런데 또 능력자들은 자신의 능력이 사라질 수도 있다는 중압감과 자기 능력으로 이 모든 것을 해결해야 한다는 부담감을 가지고 있는데, 이런 것들을 이겨내는 것은 더 큰 마법의 힘이 아니라 자기 자신을 있는 그대로 사랑하는 마음이라는 거야.

주인공 엄마가 딸에게 이런 말을 해주었어.
"너의 능력이 기대만큼 충족되지 않아도 괜찮아. 특별하지 않아도 괜찮아. 너는 이미 빛나는 사람이니까."

다 아는 말인데 그날은 왜 이 말에 울컥했는지….

한동안 내가 나를 너무 심하게 구박했나 봐. 능력 없음을 탓하는 내 모습을 영화가 위로해주었어. 내가 부족한 이유가 있겠지. 하나님이 사람을 만드실 때에는 분명한 목적과 이유가 있다고 하지.

엄마는 능력이 특출나거나 가진 게 많은 사람이 아니야. 뭔가 빨리 배우거나 익히는 사람도 아니고, 아름답거나 마음이 순수하지도 않단다. 다른 사람의 마음을 빨리 읽거나 민감하게 반응하지도 못하고, 영적으로도 둔해서 대놓고, 아니면 직접 이야기해주기를 바라는 사람이야. 그래서 뭐든 아주 느려. 느린 나를 스스로 답답해하고, 속상해하는 아주 평범한 사람이야.

하지만 엄마가 요즘 성경 말씀을 읽으면서 느끼는 건, 나와 같은 사람도 필요하다는 거야. 성경에 나온 인물들을 보면 완벽한 사람보다는 부족한 사람들이 대부분이더라. 그런데 하나님이 사용하시는 사람들을 보니 완벽한 사람보다는 부족한 사람들이더구나.

일본에서 '경영의 신'이라고 불리는 마쓰시타 고노스케는 하늘이 주신 세 가지 은혜라고 해서 가난한 것, 허약한 것, 못 배운 것을 꼽지 않았겠니. 가난했기 때문에 성실함의 중요성을 알았고, 허약하게 태어나서 건강의 소중함도 알았고, 배움이 부족하다는 것을 알았기 때문에 항상 배움에 목말라했다는 그분의 말에 희망이 생기더라고.

엄마도 그래. 뭔가 한 번에 된 적이 없었기 때문에 한 번 시작하면 꾸준하게 하고, 영적으로도 민감하지 않기 때문에 더욱더 성경 공부를 열심히 하고 말씀에 의지하려고 해. 자꾸만 도전해서 실패하니까 될 때까지 해보자는 오기도 생기더라. 물론 속상해. 속상한 마음도 크지. 하지만 정말 다행인 건 울다가 웃을 수도 있다는 거야. 계속 우는 일만 생기지는 않는다는 거지.

그래서 엄마가 네게 해주고 싶은 말은, 어느 날 너 자신이 초라해 보이고 능력이 부족해서 속상하더라도 그냥 그 모습 그대로 사랑해주라는 거야.

시계에서 작은 부품이 하나 없어 봐. 그 시계가 돌아간다고 하더라도 시간이 잘 맞지 않을 거야. 하나님이 엄마에게는 작은 부품의 역할을 주셨지만, 그 역할도 시간을 맞추는 데는 꼭 필요한 것이란다.

내 부족한 모습을 그대로 인정하고 나니까 마음이 정말로 편해지더라.

"그래, 나 많이 부족한 사람이다. 어쩌라고!!!"

혼자서 마음속으로 외쳐 봐. 울다가도 웃음이 나올 게다.

엄마가 너에게 자주 하는 말 있지?

"엄마 딸로 태어나줘서 고마워. 너는 정말로 소중한 사람이야. 너는 있는 그대로도 정말 멋져. 너는 사랑받기 위해 태어난 사람이란다."

이 말… 실은 엄마가 가장 듣고 싶은 말이었는지도 모르겠다. 엄마가 말하면서 가장 먼저 듣게 되잖아. 아침마다 마법의 주문처럼 네게 해주면서 스스로에게도 듣게 한단다.

엄마도 너도, 우리는 정말로 소중한 사람이란다. 알지?

그만큼 너도 너 자신을 소중하게 생각하면 좋겠다.

너를 진심으로 소중하게 생각하는
엄마가

P.S.
너의 어떤 모습도 엄마는 진심으로 사랑해.

——— 끌로드 모네 〈수련과 아가판서스〉 1914~1917년

행복하지 않다는 생각이 든다면

:: 네가 먼저 행복해지기를 결심한다면 그때부터 행복해질 거야 ::

벌써 12월도 중순이 지났네. 시간은 나이의 두 배 속도로 흐른다고 하더니 그 말이 맞나 봐. 코로나 때문인지, 코로나 덕분인지 올해는 조용하게 한 해를 보냈구나. 여행도 제대로 못 가고, 어디 외출도 못 하고, 지인들과 잡았던 약속들도 대부분 취소하면서 많은 시간을 집에서 보냈더랬지. 그런데 이놈의 코로나는 왜 점점 더 활기를 띠는 거니?

매일 확진자 숫자가 최고를 찍는다는 뉴스가 이제는 놀랍지도 않아. 그래도 올해는 코로나가 종식될 줄 알았는데, 내년에는 코로나가 종식될까? 라는 물음표를 던지다 한숨이 먼저 나오는구나.

설마설마 했는데 진짜가 된 느낌? 엄마는 올 한 해를 코로나 종식 후 비상하기 위해서 공부하는 한 해로 삼았거든. 그래서 기쁨이라는 것도 있었어. 사람이 희망을 품으면 기쁨이 생기잖니. 우리가 신호등을 기다릴 수 있는 이유가 곧 바뀌리라는 것을 알기 때문이라네. 그래, 엄마한테 코로나는 신호등이었어. 새 출발을 위해서 지금 잠시 기다리는 거야. 신호는 곧 바뀔 거니까 이 시간은 공부하면서 기다리면 돼.

그래서 새로운 공부를 하는 게 재미있어. 엄마와 전혀 상관없을 것 같은 내용들도 공부한단다. 너무 빨리 변화되는 세상이라 공부 안 하면 절대로 쫓아갈 수 없을 것 같다는 생각이 들었거든. 미래학자들이 쓴 책도 열심히 읽으면서, 실제로 그렇게 빨리 바뀔까 했단다. 하지만 역시 학자들이 예측한 대로 비슷하게 '세상은 급변하는구나' 싶으니 숨부터 막히더라.

전국 코로나 하루 확진자가 8천 명이 가까워지니, 우리가족 중에서도 확진자가 나왔어. 초등학생인 조카가 확진되었다는 말을 듣고 엄마는 회사에서 모든 것을 스톱하고 코로나 검사소로 달려갔단다. 집 근처 검사소는 이미 사람들이 넘쳐나고 있다고 해서 회사 근처로 갔어. 여의도 공원 안에 설치된 검사소로 가보니 804명의 대기자. 12시 반에 갔는데 5시 반에 다시 오라는 거야. 정말 이게 뭔가 하는 생각이 들더라.

날도 추운데 어디 들어갈 수도 없고, 여의도 공원 벤치에 앉아서 가방 속에 있는 책 한 권을 읽기 시작했단다. 요즘 날씨가 많이 풀어졌다 해도 겨울인 데다, 밖에 계속 있으니 온몸에 한기가 들더라.

추위에 특히 약한데 내 앞에 기다리는 사람은 804명. 언제 끝날지도 모르는 코로나. 끝없이 반복될 것만 같은 현상들. 빠른 변화에 적응 못하고 있는 나. 열심히 사는 것 같은데 발전은 없고, 자꾸 반복되는 현실들. 누군가를 원망할 수도 없고, 현실을 부정할 수도 없는 사실. 만약 확진된다면 내 아이는? 함께 있는 노부모님들은?? 대책도 없이 계속 문제들만 생각이 나더라고. 화도 나고, 짜증도 나고, 몸은 춥고.

이때 걸려온 친구의 전화.

"좀 걸어보는 건 어때?"

불행 중 다행인 건 대기표를 나눠줬기 때문에 그 시간에 맞춰 다시 가면 된다는 거! 대기표를 받아든 사람들은 근처 커피숍이나 가자! 했지만 그것도 무책임한 행동인 것 같더라. 그래서 세 시간 정도 진료소 주변을 걸었단다.

걷다 보니 마음도 차분해지고, "지금 이 상황들은 어쩔 수 없는 상황이야" 라며 나 자신을 위로할 수 있게 되더라. 어쩔 수 없는 상황을 놓고 내가 뭐라고 할 수 없더라고. 차라리 그 시간에 내가 할 수 있는 일들을 찾아보는 게 낫지 않을까?

최근에 엄마는 행복하지 않다고 생각했어. 아니 행복할 수가 없더라. 그 누구의 탓도 아니니 그게 더 미치고 환장할 노릇이지. 좀 나아진 듯하다가 다시 코로나가 심해지면서 교회도 못 가고, 마음을 위로받을 곳도 찾지 못했지. 계속 스스로에게 '괜찮아. 괜찮아. 괜찮아…' 하면서 지내던 중 뉴스에서 봤던 일이 내 일이 되니까 괜찮지 않게 된 거야.

아마 올 한 해 동안 차곡차곡 쌓아왔던 것들이 연말이 되면서 한꺼번에 폭발했나 봐. 아마 그전부터 예고는 했겠지. 감사함을 잊었거든. 감사함을 잊으면 사는 게 재미가 없잖아. 감사가 넘칠 때는 숨만 쉬어도 감사, 코로나에 걸리지 않은 것도 감사, 회사에 출근할 수 있다는 것도 감사, 급여가 매월 나온다는 것도 얼마나 감사한 일이었는데, 감사가 없어진 다음에는 매사 짜증 나는 현실에 불만, 코로나가 코앞으로 다가온 것에 대한 불만, 반복되는 회사 일이 지겨워서 불만, 늘 부족한 급여가 불만이 되더라고.

어떻게 똑같은 상황이 이렇게 변할 수가 있는 거니!!!

코로나 검사 후 결과가 나올 때까지 집에서 격리되어 있었단다. 밤에 잠도 안 와서 유튜브를 봤는데, 알고리즘이 나를 이상한 곳으로 안내해주더라. 〈아메리카 갓 탤런트〉에서 누군가 오디션을 본 영상이었지. 예쁘게 생긴 평범한 여성이 자작곡을 들고 나와 노래를 불렀어. 그런데 이후 이어지는 인터뷰가 감동이었어.

"인생이 쉬워질 때까지 기다릴 순 없어요.
내가 먼저 행복해지기를 결심해야 해요.
저는 생존할 확률이 2%입니다.
하지만 2%는 0%가 아니에요.
2%가 대단하다는 걸 사람들이 알아주었으면 좋겠어요."

그녀는 생존율 2%의 병을 앓고 있었던 거야. 유독 짧은 머리, 너무나도 마른 그녀의 몸이 이해가 갔어. 화장기 없는 얼굴이었지만, 그녀의 얼굴은 그 누구보다도 빛났단다. 인생이 쉬워질 때까지 기다릴 수 없었던 그녀는 2%의 확률에 신경 쓰지 않고, 자신이 하고 싶은 일을 향해 나아갔단다.

2%는 0%가 아니에요, 2%가 대단하다는 것을 알아주었으면 좋겠다는 그녀의 말에 엄마는 마음이 먹먹해지더라. 왜 하나님이 나에게 이 영상을 보게 했는지도 알 것 같았어.

"세상에 2%의 희망을 품고도 저렇게 행복해하는 사람이 있는데, 너는 그녀보다 더 큰 희망과 확률을 가지고서도 자포자기한 심정으로 사니? 네 인생이 쉬워질 때까지 기다리지 마라. 네가 행복해지려면 먼저 행복해지기를 결심하렴."

그녀는 인생을 놓고 도전했을지도 모르겠다. 그다음 영상들을 보지 못해서 그녀가 어떤 결과를 얻었는지 모르겠지만, 이 한 편의 영화 같은 짧은 영상은 대한민국의 한 여성의 의지를 바꿔놓기 충분했단다.

엄마는 행복해지기로 결심했어. 모든 상황이 좋아질 때까지 기다릴 수만은 없겠어.

조금 전 뉴스에서는 이달 중에 코로나 하루 확진자가 1만 명이 넘을 것이고, 1월에는 2만 명이 넘을 수도 있다고 예측을 했더구나.

언젠가 '코로나는 종식될 것이다'라는 1%의 희망을 품고 엄마는 내년에도 올해처럼 준비하는 한 해로 살 거야.

나의 2022년은 2021년보다 2% 나아질 거야. 그리고 나의 50대는 분명 40대와 다를 것이고!

30년 후 엄마가 이 편지를 다시 읽게 되었을 때 어떤 생각을 하게 될까? 30년 전 2%의 기회를 가지고 희망을 품었던 미국의 어느 소녀 덕분에 나도 희망을 잃지 않았고, 그 희망으로 이제는 누군가에게 희망을 주는 사람이 되었구나 생각하며 읽게 된다면 엄마는 진짜진짜 행복할 것 같다.

와, 이런 상상만 해도 행복해지는구나. 역시 행복은 크기에 비례하는 게 아니라 빈도였어. 올해와 다른 내년에 대한 상상, 30년 후의 행복한 내 모습, 오늘 봤던 감동 영상, 그리고 감동에 더불어 네게 쓰는 편지까지…. 작은 행복들이 모이니 오늘 하루는 우울함이 아니라 기분 좋게 마무리할 수 있을 것 같다.

딸아, 분명 너도 엄마와 같을 때가 있을 거야. 너 스스로 불행하다는 생각. 더 이상 행복을 찾을 수 없을 때가 올 거야. 인생이 꼬이고 있어서 불행하다는 생각이 들 때라도 더 이상 네 상황이 좋아질 때까지 기다리지 말아. 엄마에게 가르침을 주었던 그 소녀처럼 네가 먼저 행복해지기를 결심해봤으면 좋겠다.

네가 결심한다면 너는 분명 다시 행복해질 거야.

엄마도 늘 너의 행복을 위해 기도하마.

자기 전에 엄마가 너의 기도 제목을 물으면 "럭키걸이 되고 싶어요" 라고 말하는데, 그건 네가 어떻게 결심하느냐에 달려 있어. 너는 충분히 행복해할 가치 있는 사람이라는 거 알지?

너의 행복을 위해
늘 기도하는 엄마가

P.S.
이런 글을 쓸 수 있어서 감사하다.
덕분에 엄마 기분이 너무 좋아졌고,
마음에 감사가 흘러넘치는 것 같아.
엄마 편지를 받아주는 딸이 있어서 엄마는 너무 행복해.
고마워, 딸!

어린 친구들과의 관계로
회사 생활이 힘들 때

: : 지혜는 지식을 이기더라 : :

딸! 좋은 아침이야!

아침마다 엄마 따라나서기 힘들지? 그래도 아무 소리 안 하고 일어나줘서 고마워.

엄마가 출근하느라 아침마다 외가댁에 맡겨지는 게 안쓰럽기도 하고, 다른 친구들은 지금 한창 더 잘 시간일 텐데 눈만 겨우 뜨고 따라오는 네게 엄마는 늘 고마움을 느낀단다. 고마워, 딸!

오늘 엄마가 회사에 있으면서 새롭게 느끼는 게 있어서 딸과 함께 공유하면 좋을 것 같아서 편지를 쓴다.

30년 뒤라면 우리 딸도 회사에서는 중간 위치쯤 되었겠구나. 그때 일하고 있다면 말이야. 분명 너희 때에도 새롭게 세대를 구별하겠지? 엄마는 세대 구별을 X, Y, Z, MZ 등 굳이 구별해서 나눠봤자 서로 헐뜯기만 좋은 거 아닌가 하는 생각을 했단다.

경력이 단절됐을 때는 비슷한 또래의 아이 엄마들만 만나기 때문에 굳이 세대 구별이 필요 없었거든. 오히려 더 잘 섞이면서 아이들 이야기로 잘 어울린다고 생각했었어.

그런데 다시 사회생활을 해보니 그 세대만이 가진 독특한 성향이라는 게 있더라. 요즘에는 MZ 세대라고 해서 그들을 정의하고, 그들의 특성을 논하는 책이나 방송 등이 많거든. 책이 베스트셀러가 될 정도로 많이 팔리는 거 보면 MZ 세대들에게 당하는 (?) X세대들이 많은가 보더라. 하하하!

엄마 회사에서도 이런 일들이 몇 번 있었더랬지. 어린 직원이 선배 직원한테 카톡으로 "왜 저한테 반말하세요?" 라고 했고, 그 직원이 "죄송합니다" 라고 사과한 건에 대해서 같은 동기들 사이에서 난리가 난 적이 있었어. 일이 커져 결국에는 부서장에게까지 올라갔지. 엄마도 팩트만 전해 듣고 앞뒤 내용을 모르니 뭐라고 판단하기는 어렵지만, 엄마 세대에서는 있을 수도 없는 일을 요즘 사람들은 하는구나 라는 생각이 들더라.

하지만 MZ 세대들을 볼 때마다 참 대단하다는 생각을 해. 대부분 고스펙에 똑똑한 친구들이 많고, 자신의 생각을 잘 말한다는 점이 엄마는 마음에 쏙 들더라. 의견이라는 게 똑같을 수는 없지. 무조건 상사의 말을 따르는 것보다 자기 생각을 말하는 친구들이 엄마는 좋아 보였단다.

회사 내 젊은 친구와 한 상사가 부딪쳤어. 다른 사람들이 보기에 조마조마할 정도로 위태로운 회의시간이 이어졌고, 결국 회의가 끝나고도 두 사람은 다른 방에 들어가서 한참을 더 이야기하더라. 나중에 그 상사에게 뒷이야기를 들었는데, 정말로 현명하시더구나.

첫째, 둘 다 개인 감정이 아니라 회사 일 때문에 의견이 충돌했다는 걸 중요하게 인지하고 계셨어. 그러니 그 어린 직원(MZ)에게 개인적인 감정이 들지 않았다고 하더라. 일하는데 당연히 그럴 수 있다는 거지. 오히려 일하려고 반대의 목소리를 낸 직원을 아주 높게 평가하더라니까. 엄마는 이 부분도 매우 좋게 본 포인트 중의 하나였어.

둘째, 상사가 판단하기에 문제는 지혜와 지식의 차이에서 발생한 거였어. 젊은 직원은 법적 대응으로 밀어붙였는데, 문제 자체만 놓고 봤을 때는, MZ처럼 "문제를 증명하세요. 못하면 법적으로 대응하겠습니다" 라는 대응이 간단하고 쉬울지도 모르겠어. 객관적으로 봤을 때 그 말이 맞을 수도 있지. 하지만 상사

는 일이라는 것이 법적으로 대응해서 칼로 무 썰듯 딱 떨어지는
게 아니라는 걸 이미 수많은 경험을 통해서 알았던 거야.

짧게 봤다면 그렇게 해결했을지도 모르지. 하지만 그는 길게
봤단다. MZ의 말이 틀렸다는 것도 알고, 이제는 옛 논리만을 고
집해서는 안 될 때라는 것을 아는 분이었지. 그분은 자신의 주
장만 내세우지 않으셨단다. 결과가 어찌 되었든 간에 중요한 건
그 상사가 취한 행동과 생각이었어.
그분은 쿨하게 이렇게 말씀하셨단다.

"조직은 톱니바퀴처럼 굴러가는데 원래 딱 맞는 톱니라도 서
로 맞물려서 돌릴 때는 삐거덕거리는 게 당연하지."

지식과 지혜가 부딪치면 어떻게 될까?
결국 지혜 있는 사람이 양보하더라. 싸워서 둘 다 부스러질
바에 양보함으로써 하나라도 살리는 거지. 어쩌면 이번 건은 그
리 큰 문제가 아니라고 판단했기 때문에 작은 일로써 양보했을
수도 있고. 지혜로운 사람들은 바로 앞을 보는 것이 아니라 어
떤 사건이건 크게 보는 습관이 있는 것 같아. 진짜 중요한 것이
무엇인지를 아는 거지.

지금 당장 이기는 게 중요한 거 같지? 아니, 삶에 있어서는 그렇지 않더라.

어떤 사람은 100번 져주고 한 번 이기는데, 결국 크게 한 번 이겨서 나머지 100번은 기억도 안 나게 하는 사람이 있더구나. 그러니까 너도 충돌이 있을 때마다 바로 눈앞의 일만 생각하지 말아라. 작은 것을 탐내다가 큰 것을 잃기 쉬워.

사회생활을 하면서 그런 사람 수없이 많이 봐왔단다. 눈앞의 이익만을 가지고 아웅다웅하는 사람들. 결국 그런 사람들은 자신의 꾀에 자신이 넘어가는 경우도 많고, 작은 이익에 연연하다가 큰 것을 놓치는 경우가 많더라.

사회생활을 하면서 너보다 어린 친구들과 부딪치는 경우가 자주 생길 거야. 그럴 때 똑같이 부딪치지 말고, 지혜를 발휘해 보렴. 부러지는 것보다 휘어지는 것이 현명하단다. 지혜는 지식을 이긴다는 것!

엄마가 오늘 봤던 그 상사처럼 너 또한 지혜롭게 어린 친구들과의 충돌을 잘 넘겼으면 좋겠다. 이건 엄마가 스스로에게 다짐하는 말이기도 하단다. 엄마 또한 작은 인간이기에 눈앞의 이익에 연연해할 때도 많고, 내 의견이 맞다고 우기는 경우도 많았단다.

엄마도 지혜롭게 나이 들고 싶구나. 너에게 편지를 쓰면서 더욱 그런 생각이 들어.

오늘따라 날씨가 상당히 춥네.
항상 따뜻한 마음을 가진 네가 되길 바라며….

지혜롭게 나이 들고 싶은
엄마가

헤어진 남자친구 때문에
힘든 순간이 온다면

:: 네가 했던 가슴 아픈 연애 경험이
   너를 더 좋은 사람에게 인도할 거야 ::

"헤어진 남자친구 때문에 힘들어하는 딸에게 해주고 싶은 이야기는 없으신가요?" 라는 질문을 받았어.

'맞아, 우리 딸도 언젠가 남자친구가 생길 거고 이성과의 만남에서 분명 헤어짐이 있을 텐데, 그 생각은 못 했네.'

(덕분에 생각해보게 돼서 너무 감사하다는 말을 지면을 통해서라도 꼭 하고 싶었습니다. 듀듀님 감사합니다~^^)

먼저 엄마는 아무 말 없이 토닥토닥 등을 두드려주고 싶구나. 우리 딸 얼마나 마음이 힘들었을까! 정말 속상했겠다.

"괜찮아?" 라는 말도, "속상하지?" 라는 말도 귀에 들어오지 않을 거야. 그 어떤 말로도 위로가 되지 않겠지. 그럴 때는 함께 울어주는 것이 오히려 더 좋을 텐데, 그때 네가 엄마를 찾게 될지는 모르겠다. 아마 친구들을 더 찾겠지? 그래, 그런 친구가 네 옆에 있다면 엄마는 정말로 안심이다.

그런데 말이야. 엄마는 네게 위로만 해주고 싶지는 않아. 축하도 해주고 싶어. 우리 딸이 어른이 되어가는 과정에 있는 것이니 말이야. 네가 걷기 시작하고, 뛰기 시작했듯이 이성과의 만남과 헤어짐도 그중 하나처럼 성장 과정이야.

그리고 헤어졌는데도 네 마음이 아프다는 건 그만큼 가슴 아픈 사랑을 해봤다는 것이지. 누군가를 그렇게 사랑해봤다는 것이 얼마나 아름다운 일이니!

엄마는 사랑하는 사람 때문에 가슴 아파하는 경험도 네 인생에 있어서 좋은 공부라 생각해. 받기만 하는 사랑이 좋을 것 같니? NO! 절대 아니야. 엄마가 너를 공주라고 부르긴 하지만 네가 정말로 온실 속 화초처럼 자라길 원하지는 않는단다.

불같은 사랑도, 비굴한 사랑도, 때로는 바보같은 사랑도 해봤으면 좋겠다는 게 엄마 생각인데 글쎄, 분명 이 점에 있어서는 너와 내가 생각이 다를 수도 있겠구나.

엄마는 네가 처음 사귀는 사람과 결혼하지는 않길 바래. 많은 사람을 만나보고, 교제도 해보고, 사랑도 해보고 그 안에서 가장 좋은 사람을 선택하기를 바라는데, 요즘 사람들은 그렇게 에너지 낭비하는 걸 싫어하는 것 같더라. 절대로 손해 보지 않으려 하고 주는 사랑을 어리석다고 말할 수도 있겠지.

어떤 사랑이건 간에 후회하지 않는 사랑을 해보라고 말해주고 싶어. 나중에 시간이 지나서, 그 사람에게 "~해볼 걸" 하는 후회는 안 했으면 해. 엄마가 말했지? 후회는 살아있는 사람의 지옥이라는 거. 네가 지옥에서 살지 않기를 간절히 바란다.

그리고 한 가지 더. 가슴 아픈 이별의 경험 때문에 다시는 사랑 같은 거 하지 않을 거야! 라는 생각은 하지도 말 것. 이번 연애의 실패 때문에 다음 연애의 시도조차 안 하려는 건 어리석은 행동이야. 오히려 너의 연애 실패가 더 좋은 사람을 만나게 할 수도 있어. 다시 연애해서 또 실패했다 해도, 몇 번의 연애 실패라도 엄마는 잘했다고 말해주고 싶구나.

네가 실패하는 게 연애뿐일 것 같니? 네가 사회에 나가게 되면 다 너를 좋아할까? NO! NO! NO! 엄마한테 너는 사랑하는 공주님이고 어떤 행동이나 말을 해도 용서되지만 사회에서는 그렇지 않단다. 사회가 너를 거절할 수도 있어. 아마도 그럴 확률이 더 높을 거야. 네가 좋아하는 그 남자가 너를 선택하지 않을 수도 있고, 네가 가고 싶어 하는 대학이나 회사가 너를 선택하지 않을 수도 있어. 그 외에도 너는 수많은 거절을 당할 수가 있단다. 하지만 그렇다고 해서 실패하는 게 두려워 시도조차 하지 않는 그런 어리석은 짓은 하지 않았으면 좋겠다.

실패한다는 그 자체가 네게 모욕감을 줄 수도 있어. 슬프지. 가슴 아픈 일이고. 하지만 우리에게는 기회라는 게 있단다. 더 좋은 사람을 만날 수 있는 기회, 더 좋은 대학이나 회사, 그리고 다른 무언가를 만날 수 있는 기회. 그리고 기회는 네가 만든 만큼 생기는 거라고 말했지? 네가 했던 가슴 아픈 연애 경험이 너를 더 좋은 사람에게로 인도해줄 수 있단다.

왜냐하면 네가 가슴 아파했던 연애를 통해 너는 분명히 그전보다 괜찮은 사람이 되었거든. 너처럼 가슴 아파하는 누군가를 알아볼 수 있는 눈이 생겼을 거고, 그런 사람을 도울 마음의 준비가 되었을 거야. 사람은 고난이나 실패를 통해 성장하거든. 네가 해봤던 가슴 아픈 경험으로 너 자신도 삶을 대하는 자세와 태도가 바뀌었을 거야. 그러다 보면 너의 주변 환경도 조금씩 바뀌어가겠지. 그렇게 네가 더 괜찮은 사람이 되어간다면, 네 마음을 아프게 했던 그 사람보다 더 좋은 사람을 만나게 될 확률도 더욱 커지지 않을까?

신은 너를 돕고 싶어 한단다. 분명 네 삶을 바꿀 만큼 노력하는 사람에게 다른 인도하심이 있을 거야.

마지막으로, 누구의 덕을 보려고 하지 않았으면 좋겠다. 그게 남자든, 회사든 너를 거절했던 그 모든 것에서 말이야. 그 사람에 의해서 네가 빛나려고 하는 생각은 안 했으면 좋겠어. 그래야 네가 더 당당해질 수 있단다. 실패한 네 경험은 너를 더욱더 빛나게 하는 재료로 쓰일 거야.

그 사람이 너를 놓친 것에 대해 후회하게 만드는 것도 소심하지만 짜릿한 복수 같구나. 이번 이별로 너 자신을 탓하지 않았으면 좋겠다. 너는 사랑받기 위해 태어난 사람이고, 엄마에게 더없이 소중한 사람이란다. 더 좋은 사람과의 만남을 위해 네게 꼭 필요한 이별을 해본 거야. 그 경험을 가지고 더 멋진 너의 사람을 만나보렴. 엄마는 너의 새로운 연애를 기대한단다.

너의 새로운 연애를 미리 축하하며
두근거리며 기대하고 있는 엄마가

P.S.
엄마가 미리 예언하자면!
너는 앞으로도 몇 번은 같은 경험을 할 거야. (제발… 그렇게 해줘.^^)
그때는 앞의 편지 〈주변에 결혼할 사람이 없다면〉을 읽어보렴.
"좋은 사람 만나려면 너부터 좋은 사람이 돼라"는 똑같은 말.
엄마도 반복하기 싫다!
잔소리한다고 뭐라고 할까 봐 미리 썼다!! 하하하

라이문도 데 마드라소 이 가레타 〈The Love Letter〉

돈 앞에서 비굴해질 때

: : 그 서러움은 내가 극복하는 것이더라.
너의 서러운 상황들이 너를 일으킬 거야 : :

어제는 우리 둘 다 속상한 일이 있었던 하루였구나.

저녁에 서로의 기도 제목을 나누면서 우리 딸이 "오늘은 럭키하지 않았어!" 하면서 꺼낸 말에 엄마도 많이 공감했단다. 선생님이 반 아이들에게 상을 주는데 우리 딸과 어떤 한 아이랑 둘만 못 받았다고. 얼마나 속상했을까? 근데 엄마가 보기에 선생님이 왜 매번 두 명씩 빼고 주는지 모르겠다. 지난번에 문제 풀 때도 두 명 빼고 다 줬다면서. 선생님만의 교육방침이긴 하겠지만 너무 속상해하지 않았으면 좋겠다. 넌 이미 엄마에게 최우수상이거든.

엄마도 오늘 회사에서 정말 속상한 일이 있었어. 퇴근하면서 찔끔 눈물을 흘릴 정도로 속상했단다. 어쩌면 별일이 아닐 수도 있는데 이상하게 엄마는 자존심을 건드리는 사람한테는 화가 나더라고. "더럽고, 치사해서 그만둔다!!!" 이 말이 목구멍까지 올라왔는데 하지 못했어. 그래서 더 속상했단다. 속상하니까 퇴근길이 서러운 거야.

속상한 마음에 바로 집에 갈 수가 없었어. 이 기분이 너에게 그대로 전해질 것 같았거든. 그래서 친구와 함께 저녁을 먹고 들어갔지. 친구에게 내용을 말했더니 그 친구는 현실적인 답을 해주더라. "그냥 참고 다녀. 어디 가서 그 월급 못 받아. 아줌마가 이직이 쉬운 줄 아니? 너 딸 키워야잖아? 엄마는 참을 줄도 알아야 해!" 그 현실적인 답이 엄마를 더욱 속상하게 했어.

집에 오면서 생각해봤어. 내가 진짜 억울하고 속상했던 이유는 무엇이었을까? 내가 만약 열 받는다고 이 일을 그만둔다면 딸을 양육할 수도 없고, 생계를 이어 나갈 수가 없어. 그렇다고 다른 곳으로 이직은 할 수 있을까? 30대 때만 해도 세상 무서운 줄 몰랐고, 노력하면 다 되는 줄 알았는데 40대가 되니까 겁이 많아지더라. 아무리 노력해도 되지 않는 것이 있더라고. 재취업도 어렵고, 40대 중반 아줌마를 다른 회사에서 지금 받는 월급으로 고용해주지 않을 것이고, 그렇다고 다른 일을 하자니, 코로나라는 상황에 현재 소상공인들도 문을 닫는 형편인데 내가 지금 시작할 수 있을까? 부정하고 싶었지만 친구의 현실적인 대답을 인정할 수밖에 없다는 생각에 더 목이 메더구나.

아, 40대 가장들이 나와 비슷한 생각을 하겠구나. 얼마나 목이 메고 열불이 날까? 특히나 시답지 않다고 생각하는 사람에게 당했다면 더 그럴 거야. 내가 존경하고 닮고 싶은 분에게 혼이 났다면 열 번이라도 그럴 수 있는데, 이건 살살 눈치만 보고, 윗사람한테 아부나 하는 그런 형편없는 사람한테 당하니까 더 화가 나는 거야. 게다가 내 자리를 지켜야 한다는 생각에 말 한마디 제대로 못 했다는 사실이 더 속상했고.

너 잠든 거 확인하고 혼자서 꺼이꺼이 울었어. 돈 앞에서는 사람이 비굴해질 수밖에 없네. 속상해도, 내 더러운 성질 다 보이고 싶어도, 현실에서는 어떻게 할 수가 없더라. 내가 할 수 있는 게 없다는 것도 속상하더라. 인정하고, 사회생활은 원래 이래! 이러면서 쿨하게 넘어가야 한다는 것을 아는데, 어제는 그게 어렵더라고.
날 잡아서 실컷 울어봤네!

어제 울고 있는데, 한 여인이 생각나더라. 오스카상을 받은 윤여정이라는 여배우야. 수상 소감이 얼마나 화제가 되었는지, 그 이후로 그녀의 어록들이 정말 많이 회자되었어.
지금 70대인데 20대 때 화려하게 데뷔해서 주인공으로서 멋지게 연기 활동을 한 분이야. 그리고 당시 최고의 가수와 결혼해서 미국으로 갔는데, 그 후 이혼했어. 아들 둘을 엄마가 책임 지기로 하고 그녀는 다시 일을 시작했지. 한국으로 돌아와서 단역부터 다시 출발한 거야.

그 당시 한국에서는 이혼녀라는 꼬리표가 붙으면 일을 하는 게 쉽지 않았단다. 굉장히 분위기가 보수적이지? 그때는 그랬단다. 아무도 그녀에게 일을 주지 않았고, TV에 나오면 많은 사람들이 손가락질하면서 욕을 했던 시대였어. 자신의 잘못도 아니고 남편의 바람으로 이혼까지 간 건데 단지 이혼했다는 이유로 일도 못 하고, 손가락질 당하며 욕을 먹는다는 사실이 얼마나 자존심 상했을까? 주인공을 했던 사람이 단역을 맡기 쉽지 않았을 거야. 뒤에서 사람들이 수군거리는 소리를 들으면서 일해야 한다는 게 진짜 사람 미칠 노릇이었겠지. 그런데 그녀가 이렇게 인터뷰를 했어.

"과거 이혼은 주홍글씨 같았고 이혼녀는 고집 센 여자라는
인식이 있었다. 이혼녀는 남편에게 순종하고 결혼 약속을
지켜야 한다는 것을 어긴 사람이었기 때문에 나는 TV에 나
오거나 일자리를 얻을 기회도 없었다. 끔찍한 시간이었다.
두 아들을 먹여 살리기 위해 어떤 역할이라도 맡으려 노력
했고 과거 한때 스타였을 때의 자존심 따위는 신경 쓰지 않
았다."

이번 오스카상 시상식에서도 그 영광을 아이들에게 돌렸어.

"그리고 나의 두 아들에게도 너무 감사합니다. 제가 일을
하고 영화를 찍는 것은 모두 아이들의 잔소리 때문입니다.
두 아들이 항상 저에게 일하러 나가라고 하는데, 열심히 일
했더니 이런 상을 받게 되었습니다."

그래, 그녀 또한 두 아들과 함께 살아야 했기 때문에 일을 할
수밖에 없었던 거야. 그게 단역이든 어떤 역이든 물불 가릴 틈
이 없었지. 그 당시 얼마나 많은 수모를 겪었을까? 얼마나 많이
자존심이 상했을까? 더럽고, 치사해도 아이들 둘을 양육해야
한다는 그 책임감 때문에 그 모욕들을 다 견딜 수밖에 없었던
거잖아. 오늘 더더욱 그분의 마음이 이해가 가더구나.

잘살고 있다가도 이렇게 한 번씩 나를 건드는 사람이 있으면
힘없이 무너지곤 해. 무너졌다가도 너를 보면서 또 일어나곤 하
지. "내가 더 능력이 있었더라면" "내가 더 똑똑했더라면 그런
사람한테 당하지 않았을 텐데" 라며 스스로를 탓하기도 하고.
그런데 이렇게 자신을 탓하다 보면 내가 세상에서 제일 불쌍한
사람이 되어 있었어. 그러니까 이런 거 제발 안 했으면 좋겠다.

윤여정 배우는 솔직한 발언으로 모두를 놀라게 하기도 했어. 많이 회자되었던 말이란다.

"배우는 돈 필요할 때 연기를 제일 잘해. 19금 딱지가 붙은 영화에서 노출 수위가 높아 다른 여배우는 거절했는데 당시에 나는 돈이 필요했어. 나 역시 꺼려졌지만, 돈이 너무 급해 결국 수락할 수밖에 없었어."

엄마는 어젯밤에 그렇게 울고, 네 덕분에 아침에 일어나서 다시 출근 준비를 하고 나왔어. 회사까지 오는 길이 멀게 느껴졌지만, "난 지금 내 월급이 필요해" 라는 이유로 내 책상 앞에 앉았고, 내 옆에 얼굴을 붉혔던 그 상사가 있지만 아무렇지도 않은 듯 오늘 하루를 보냈단다. 아직도 앙금은 가라앉지 않았지. 마음속에는 이미 사표를 써서 깊숙이 넣어두었고.

맞아, 세상은 서러움 그 자체이고 인생은 불공정하고 불공평하단다. 그런데 그 서러움은 내가 극복해야 하는 거야. 다행인지 불평불만만 하고 있을 여유도 없다는 것에 감사하다. 어제의 엄마는 퇴사하고 싶어도 돈 때문에 그만두지도 못 한다는 서러움에 울었지만, 오늘의 엄마는 출근해서 더 이상 서러움을 탓할 시간이 없구나. 오늘을 열심히 살 수밖에 없다는 게 나쁘지 않

아. 솔직히 감사해. 네 덕분에 틈틈이 공부도 하고, 돈도 벌고, 앞으로의 일들도 생각하고 계획해야 하니까.

그리고 이렇게 글을 쓰면서 나만의 방법으로 내 마음을 위로해주고 있잖니. 이렇게 글을 쓰지 않으면 오늘을 잊어버릴 것 같아. 그래서 가장 생생할 때 그 마음 그대로 네게 남겨주고 싶어. 분명 너도 이럴 때가 있을 거거든.
엄마는 네 덕에 다시 일어났어.

수상 소감은 아니지만, 언젠가 누군가가 엄마에게 성공 원인을 물어보면 그렇게 대답하려고!! 하하하~ 글 쓰다 보니 이미 마음이 풀렸네. 고마워, 딸! 정말 네 덕분이야.

네 덕분에 정말로 잘살고 있는
엄마가

P.S.
인생, 서럽다. 하지만 그 서러운 인생이 너를 다시 일으킬 것이다.
엄마는 믿어. 그리고 그 믿음이 나를 또 다른 곳으로 이끌 거야.
그런 믿음으로 살자. 우리…

—— 제임스 티소 〈Room Overlooking the Harbour〉 1876~1878년

가난이 널 힘들게 할 때

: : 경제적으로 가난한 건 어쩔 수 없지만,
생각이 가난해서는 안 돼 : :

이젠 개학이 얼마 남지 않았네! 실컷 놀았니? 엄마 대신 할머니가 너와 함께 등하교하면서 학부모들을 만나는데, 그때마다 주변에서 하는 말을 듣고 네 걱정을 많이 하시더라. 우리 애만 놀고 있는 것 같다며 어디 학원을 보내야 하는데 하며 걱정하시더라고. 네 친구들은 벌써 4~5군데 학원에 다니는데 너는 딱 하나만 다니고 있으니 할머니가 불안하신가 봐. 엄마는 일한다고 또래 학부형들을 아예 만나지 못하니까 오히려 이런 부분에 있어서는 마음이 편안하다.

코로나 3년 차, 드디어 엄마도 경제적으로 흔들림이 오는구나. 급여 10% 감봉. 급여 빼고 다 오르는 이 시점에 마이너스라니…. 10%라고는 하지만 내게 오는 타격은 크다.

이런 것과 상관없는 너는 피아노 학원도 가고 싶고, 미술 학원도 가고 싶고…. 친구는 학원을 여러 곳에 다니는데 나도 같이 다니고 싶다고 하고, 친척 언니들이 스키를 시작했는데 나도 같이하고 싶다고 하니, 엄마로서는 네가 원하는 거라면 다 해주고 싶은데, 주머니 사정을 생각하면 한숨부터 나오네.

이럴 때 현명한 엄마들은 어떻게 행동할까? 다른 사람들이 말하는 것에 대해서는 흔들림이 없는데 네가 하고 싶다고 하고 가고 싶다고 하면 엄마는 흔들리는구나. 아마 많은 엄마들이 비슷하겠지? 우리 친정엄마는 딸 셋을 어떻게 키우셨을까? 나도 너처럼 하고 싶은 거 많은 딸이었는데 차마 말도 못 하고 그냥 마음속에만 간직했던 일들이 많았어. 그런 거 알기 때문에 네가 하고 싶다고 하면 다 해주고 싶은 게 솔직한 엄마 마음이야.

어쩜 사탄은 엄마의 약한 부분을 잘 안다니? 어느 부분을 건드려야 한 번에 쓰러질지 잘 아는 것 같아. 그걸 알면서도 엄마는 매번 같은 부분에서 넘어져.

믿음 좋은 우리 딸은 이미 주말에 스키장에 가는 걸로 알고 언니들에게도 간다고 말해놓더라. 엄마는 너의 그런 믿음이 좋다. 능력 없는 엄마에게 이런 믿음을 보여주다니, 엄마는 네게서 믿음을 배운다. 이미 될 거라고 확신하는 너를 보며 갈팡질

211

팡하는 내 마음을 정하게 된다.

예전에 엄마 사장님도 엄마한테 그러셨거든. "위험한 발언이
지만, 하고 싶은 것이 있다면 돈을 꿔서라도 해라. 돈은 나중에
벌면 되지만, 그 시간은 돌릴 수가 없거든."

그걸 네게 적용하게 되는구나. 엄마도 그 말씀이 맞다고 생각
해. 그래서 너의 믿음을 엄마에게도 적용해보려고. 자꾸 지출
을 줄이려고 하면 스트레스를 받으니까 어떻게 하면 수입을 늘
릴 수 있는지 고민해봐야겠다.

며칠 전 TV프로그램 〈서민갑부〉에 나온 갑부가 이렇게 말하
더라. 그 사람은 두 아이가 있는 싱글맘이었어. 너무 열심히 일
하며 살다가 암에 걸린 거야. 치료 때문에 직장을 그만두어야
했고, 병원 신세를 지는 동안 자기 삶에 대해서 많이 생각했대.
내 처지가 비록 좋지 않아도 아이들을 위해서라도 이러고 있으
면 안 되겠다, 내가 지금 이 상황에서 할 수 있는 일들을 찾아봐
야겠다고 생각했다더라.

정말 대단하지 않니? 암 치료 중이라고 하면 기력도 없었을
것이고, 내 몸 하나 지키기 힘들 텐데, 게다가 싱글맘에 아이가
둘이나 있다면 정말로 자신의 처지를 비관하며 때로는 분노를
폭발하며 살아갈 것 같은데 그때는 이런 것 자체가 다 사치처럼

느껴지더래.

자괴감이 사치라… 얼마나 절박한 상황이었는지 이해가 가더라. 경매를 시작할 때 주변 사람들이 "이제 경매는 끝이다" "그건 여자가 할 일이 아니다" "네가 명도를 할 수나 있겠니?" 하며 말렸다는 거야. 그런데 그분이 이렇게 말하더라. "경제적으로 가난한 건 어쩔 수 없지만, 생각이 가난해서는 안 된다" 라고.

맞다, 맞아. 꼭 주변에 보면 이런 사람들이 있어. 자신은 해보지도 않고 부정적인 생각부터 던지는 사람. 경제적 자유를 원하면서도 "인터넷 쇼핑몰을 해볼래요?" 라고 하면 요즘에 하는 사람들이 너무 많아서 얼마 남기지도 못하고 팔아야 한다며 손사래 치고, "주식 공부 해보실래요?" 라고 하면 주식은 정보의 힘으로 하는 건데 자신은 빽도 없고, 아는 사람도 없다며 공부할 생각은 안 하고, 주식으로 장난치는 사람들 때문에 못 한다며 다른 사람 탓만 하지.

사업은 코로나 시국이니 지금 하는 사람들도 망하는 상황이라며 아니라고 하고 부동산은 국가에서 세금으로 막아놓았다며 이것도 이제는 할 수가 없다고 해. 나는 이런 사람에게 묻고 싶다. "그럼 당신이 되고 싶은 경제적 자유인은 어떻게 되는 건가요?"

그들이 하는 말 중에 틀린 말은 하나도 없지만, 그렇다고 맞는 말도 없어. 엄마 생각은 그래. 이런 사람들은 평생 가난하게 살 수밖에 없는 사람들이야. 행동으로 옮기기 전에 이미 머릿속으로 안 된다고 생각하면 정말 안 되는 거야.

엄마가 너를 높게 평가하는 건 너의 엄마에 대한 강한 믿음 때문이야. '엄마는 내가 원하는 것은 해줄 거야'라는 너의 생각이 확고하니 엄마의 마음이 움직이는 거야. 너의 그 믿음이 엄마를 능력 있는 엄마로 만들어준단다. 만약에 네가 떼를 쓰거나 고집을 피운다면 엄마는 안 했을 거야. 하지만 너는 믿음으로 엄마를 봐줬고, 확신을 가지고 행동하는 너의 그 믿음이 엄마의 생각을 바꾸게 하는 것이지.

정말 기도란 이런 마음으로 하는 것이 아닐까? 성경에서도 말하잖아. 이미 될 것으로 생각하고 감사하는 마음으로 기도하라고. 많은 자기계발서에서도 똑같은 말을 하고 있어.

능력은 부족하지만, 네가 나를 믿음으로 바라봐주니 정말 그런 사람이 돼야 할 것 같아. 나조차도 이런 생각을 하는데, 하나님은 어떤 마음으로 우리를 보시겠니?

이 편지를 다시 읽을 때쯤엔 지금 이때를 생각하며 웃었으면 좋겠다. 딸아, 우리도 이렇게 살자. 경제적으로 가난한 건 어쩔 수 없지만, 생각까지 가난하게 살지는 말자. 뭔가 시도도 해보지 않고 안 된다고 하지 말고, 그 일이 정말 네 심장을 뛰게 하는 일이라면 먼저 시작해보고 고민해도 괜찮을 것 같구나.

마음이 가난하면 행동도 가난해진단다. 부정적인 생각이 시작도 못 하게 하는 거 알지? 제발 우리는 그렇게 살지 말자. 올해는 나도 나 자신을 믿음으로 보고, 확신을 가지고 행동하려고 한단다. 그래서 나는 올해가 정말로 기대가 돼. 나의 믿음이 어떤 결과를 가져올지 말이야.

이미 될 줄을 알고 감사함으로 기도해보려고 한다.
딸! 고마워. 네게 한 수 배웠어!

확신으로 설렘을 갖게 된
엄마가

아이를 꼭 낳아야 하나? 싶은 생각이 든다면

:: 내가 지금까지 한 일 중에 가장 잘한 일이야. 하지만 선택은 너의 몫! ::

오늘 여직원들과 함께 점심을 먹으면서 요즘 날씨처럼 매섭기만 한 현실에서 "아이를 꼭 낳아야 하나?" 라는 질문이 나왔단다. 여성의 경력단절, 그리고 무섭게 오르는 아파트 가격, 한 사람의 급여로 한 가족이 살기에는 부족한 현실. 다양한 부정적인 생각들이 오가는 속에서 '아, 그럴 수도 있겠구나' 하는 생각을 엄마도 했어. 육아라는 게 정말 쉽지 않거든. 그래서 아이를 낳아야 할지 말아야 할지 고민하는 여성들의 마음이 충분히 이해가 되었어.

30년 뒤라면 우리 딸도 이들과 같은 고민을 할지도 모르겠다. 그때 엄마로서 뭐라고 말해주면 좋을까? 엄마도 사람이니까 지금의 생각과 30년 뒤의 생각이 완전히 바뀔 수도 있겠지. 40대 초등학생 엄마의 이야기보다 30대 후반에 이제 막 아이를 낳아 2~3년 양육해본 사람의 이야기가 훨씬 더 도움이 될 것 같구나.

216

그래서 엄마가 몇 년 전에 썼던 글을 찾아봤단다. 지금 생각과 크게 다르지 않지만, 세세한 부분에 있어서는 30대 후반에 쓴 글이 더 와닿을 수도 있을 것 같아.

"육아(育兒)는 육아(育我)" 라는 말을 어느 육아서에서 봤다. 나는 그 말에 정말로 공감한다. 육아는 아이만을 키우는 것이 아니라 육아하면서 나 자신을 키우는 것이다. 육아를 하는 사람들은 알 것이다. 육아라는 게 세상에서 얼마나 많은 참을성을 요구하는지…. 얼마나 많은 인내와 인격적으로 성장을 요구하는 것인지 해본 사람만 안다. 그런데 안타깝게도 육아의 경력은 이력서 한 줄도 되지 않는다. 어느 CF 광고의 카피처럼 "태어나서 가장 많이 참고 배우며 해내고 있는데 엄마라는 경력은 왜 스펙 한 줄 되지 않는 것일까?" 라는 말이 가슴에 절실하게 와 닿는다.
나는 아이를 위해서도 엄마인 나를 위해서도 육아하길 정말 잘했다는 생각이 든다.

첫째, 육아를 하면서 나는 정말 착해졌다. 착해졌다는 말이 이상하긴 하지만, 그동안 내가 가지고 있던 틀들이 많이 깨진 계기가 되었다. 그전에는 내가 생각한 대로 하지 못하면 상대편이 잘못한 것으로 생각했다. 네가 게을러서 그런 것이고, 네가 잘못한 거야! 라며 강하게 밀어붙이는 유형이었다면, 지금은 그런 틀이 완전히 깨진 것이다. 이제는 '그럴 수도 있겠다' 하며 상대를 이해하는 사람이 되었다. 이게 육아랑 무슨 상관일까?

내가 직접 육아를 해보면서 느낀 것이다. 내 마음대로 되는 것은 없구나. 상황이 내가 원하는 대로 가지 않을 수도 있다는 것. 그리고 내가 아무리 노력해도 되지 않는 것도 있다는 걸 육아를 하면서 알게 된 것이다. 그전에는 결혼 후 화장도 안 하고 다니는 친구들을 보며 게으르다고 생각했고, 뛰는 아이를 제어하지 못하는 엄마가 이상해보였다. 하지만 내 아이를 양육해보니 모든 것이 다 이해되었다. 오히려 그렇게 생각한 내가 미안할 정도였다. 그렇게 나는 육아를 하면서 남을 더 잘 이해할 수 있는 사람이 되어갔다.

둘째, 육아를 하면서 나는 내 부모를 이해하는 사람이 되었다. 엄마와 나는 맞지 않는 사람이라 생각했다. 늘 나를 이해해주지 않는 엄마가 야속했다. 막내동생부터 결혼하고 둘째까지 결혼하니, 그다음에는 모든 초점이 내 결혼에 쏠려 무슨 일만 생기면 결혼과 연결하는 엄마와 사이가 좋지

218

않았다. 그런데 내가 아이를 낳아 키워보니 이제야 엄마가 조금씩 이해가 된다. 물론 나이 드셔서 힘 빠진 엄마의 변화도 있지만, 내 아이가 이렇게 예쁘고 사랑스러운데, 우리 엄마도 나에게 이랬겠지? 하는 생각이 든다. 나는 사랑받고 자란 사람이 아닌 줄 알았는데, 내가 아이를 키워보니 아이는 사랑할 수밖에 없는 존재였다. 엄마와의 응어리가 저절로 풀어졌다. 나는 이것도 성장이라 생각한다. 자식이 부모를 이해하게 되었을 때 인격적인 성장이 이루어진다.

셋째, 나는 딸 하나만 낳았는데 많은 아이들이 눈에 들어온다. 딸아이를 3월 15일에 낳아서 병원에 일주일 있다가 산후조리원에 들어갔다. 그리고 친정에서 엄마의 보살핌을 받고 집으로 돌아왔는데 그날이 4월 16일이었다.

나는 아직도 그날의 일을 또렷하게 기억한다. 집에 와서 아이를 재워놓고 텔레비전을 틀었는데 세월호 사건이 생중계되고 있었다. 얼마나 울었는지 모른다. 엄마 된 지 겨우 한 달째인 나도 이렇게 가슴이 아픈데, 16년간 아이를 키워온 엄마들의 마음은 어떠할까? 그전 같았으면 그냥 많은 뉴스 중의 하나였을 것이다. 하지만 분만한 지 한 달밖에 되지 않아 호르몬 수치가 높아서 그랬는지 모르겠지만, 그 뉴스가 그냥 뉴스가 아니었다. 그 부모의 마음이 전달되어서 정말 가슴 아프게 뉴스 상황을 지켜봤던 게 아직도 생생하다.

영화나 드라마에서도 아이가 불행해져서 아파하는 모습은 아직도 보기 힘들다. 어린이집 사건들이 터질 때마다 그렇고, 가정폭력에 시달리는 아이들의 이야기를 들을 때도 그렇다. 식량이 모자라서 굶어 죽고 있다는 아이들의 이야기를 들을 때도 마음이 동요되어 주머니를 뒤지고, 수술비가 없어서 수술받지 못해 후원을 요청한다는 글을 읽고는 기부금을 낸다. 엄마가 되었기 때문에 가능한 일이다.

넷째, 받는 사랑보다 주는 사랑이 얼마나 행복한지 알게 되었다. 그전에는 사랑을 받기만 했다. 그리고 그것을 너무 당연하게 생각했다. 세상에는 당연한 일이 없는데도 말이다. 너무 뻔뻔하게 살았다. 지금 생각해보면 부끄러운 일들이 많다. 하지만 그렇게 살았다.

그런데 아이를 낳고 달라졌다. 아이가 너무 예쁘다. 딱히 나에게 무엇을 해줘서가 아니다. 아이는 나에게 무엇을 해준 것이 없다. 오히려 너무나도 당연하게 요구만 한다. 기저귀 갈아 달라, 밥 달라, 씻겨 달라 등등 어느덧 나는 그녀의 몸종이 되어 있다. 하지만 그런 신분 하락은 아무렇지도 않다. 오히려 느껴지지도 않는다. 그냥 이 녀석 자체로 행복하다.

아이를 낳아보지 않은 사람에게 이 기분을 전하는 것은 무리일 수도 있다. 하지만 이 녀석은 나를 그렇게 만든다. 응가를 해도 예쁘고, 밤새 울어서 잠을 못 자게 해도 예쁘다. 내 아이이기 때문에 그 모든 것을 참고 할 수 있다. 아이가 아프면 내가 잠을 못 잔다. 남편이 아프면 약만 챙겨주고 잠도 잘 자는데, 아이가 아프면 내가 아픈 것보다 더 힘들다. 차라리 내가 아팠으면 좋겠다고 생각한 적도 있다. 이 조그만 아이가 나를 그렇게 만든다. 딱히 내게 해준 것도 없는데 이 녀석의 미소 한 방이면 몸종 일로 힘들었던 나에게 함께 따라 웃을 수 있는 여유가 생긴다.

내가 아이에게 뭔가 해줄 수 있어서 얼마나 좋은지 모르겠다. 예전에는 옷을 사러 가면 내 옷만 봤던 내가 이제는 아이 옷만 보고 다닌다. 길 가다 예쁜 머리핀만 봐도 아이 생각이 나고, 내 옷은 안 사 와도 아이 옷은 잘도 산다. 예쁜 옷을 사 와서 아이에게 입혀보고 잘 어울리면 만족감이 크다. 내 옷 하나 사지 않았다는 사실도 잊고, 그 녀석의 행복에 나 또한 행복해진다.

아직은 아이에 대한 감정이 그렇다. 내 아이가 나보다 더 잘되었으면 좋겠고, 더 행복했으면 좋겠다. 나보다 더 잘되길 바라는 사람이 있다는 게 인간으로서 성장한 것이다. 인간으로서 성숙하고 싶다면 육아만 한 것이 없다. 아무리 좋은 책을 읽고, 좋은 분에게 교육을 받더라도 스스로 깨닫지 못하면 허울이다. 육아? 진짜 힘들다. 하지만 그래도 한번 해볼 만하다. 육아로 인한 보람은 그 무엇보다도 크고, 내가 태어나서 가장 잘한 일이 될 것이다.

30대 후반의 엄마는 이렇게 생각했단다. 딱 네가 이 편지를 읽을 때쯤 그 나이지.

엄마는 아직도 이 생각에 변함이 없어. 그 후로 더 많은 시간과 돈, 더 많은 엄마의 에너지가 들어갔지만, 그만큼 더 감사하고 더 성숙한 엄마가 된 것 같아서 아직도 엄마는 너를 낳은 게 살면서 가장 잘한 일이라고 생각해.

이제 40대 중반이 되니 육아하면서 힘들었던 점은 솔직히 기억에도 남아 있지 않구나. 그냥 너와 보냈던 즐거운 시간만이 머릿속에 남아 있을 뿐이야. 물론 엄마의 경력에는 5년이라는 공백이 있지만 돌이켜보면 그 시간이 있었기에 엄마는 책도 충분히 읽었고, 그동안 경험했던 것들과는 전혀 다른 일들을 경험했기 때문에 완전한 경력 단절 기간은 아니었어.

오히려 경력 전환의 시간이었지. 앞으로 엄마가 얼마나 더 살지는 모르겠지만, 그 시간이 없었다면 아직도 회사 생활만 했을 것이고, 똑같이 반복되는 생활 속에서 익숙한 사람이 되었을 것 같아. 다시 회사에 들어갔지만, 엄마는 독립을 꿈꾸고 있단다. 꿈을 꾸는 엄마가 행복해.

그리고 너와 함께 성장하고 있는 엄마가 좋단다. 네 덕분에 내 삶이 더 풍성해졌고, 하고 싶은 일들이 더 많아졌어. 엄마로서, 그리고 같은 여성으로서도 우리 딸과 같은 여성들에게 좋은 멘토가 되고 싶어.

너에게 강조하지는 않을 거야. 너의 인생인 만큼 네가 충분히 생각해서 잘 정하리라고 생각해. 다시 한 번 말하지만, 엄마는 너와 함께 성장할 수 있어서 정말로 정말로 감사하다. 다시 태어나도 너의 엄마가 되고 싶단다. 그만큼 사랑하고, 고마워.

엄마가 되길 참 잘했다고 생각하는
엄마가

육아로 일을 그만둬야 할까 고민이라면

:: 경제적 능력이 여자에게도 힘이란다 ::

오늘은 여직원들과의 대화 2탄이다.

역시나 여성들과의 대화에서는 육아 문제가 계속 반복되는구나. 아무리 대통령이 바뀌어도, 시대가 바뀌어도 여성들에게 육아는 큰 부분이니까 말이야. 아무리 남성들이 가정적으로 변했다고 하더라도, 남성 육아휴직 제도가 생겼더라도 결국에는 엄마인 우리가 육아에 대해서 더 많은 관여를 하는 게 사실이지.

모두가 다 다른 상황에서 이런 문제에 대해 조언하기가 정말 어려워. 그리고 솔직히 정답은 없단다. 아이마다 성향이 다 달라서 무엇이 맞고 틀리는지는 육아를 담당하는 엄마가 가장 잘 알 거라는 생각이 들어.

30년 뒤 우리 딸도 똑같은 고민을 하게 될까? 제발 너희 때에는 이런 고민이 쓸데없는 고민이 되길 바라는데 그렇게 될지 모르겠다. 지금 엄마는 다시 일하고 있고, 너도 많이 자란 상태여서 지금의 엄마 생각이 그들에게 크게 와닿지 않을지도 모르겠어. 그래서 이번에도 예전에 엄마가 경력 단절 시절에 썼던 글을 찾아봤단다. 엄마 손을 많이 타는 어린 아이를 키우는 엄마들에게 조금이나마 도움이 되었으면 좋겠고, 30년 뒤 너도 분명이럴 때가 올 텐데, 그때의 엄마 생각은 어땠는지 알아두면 좋을 것 같구나.

내가 육아를 시작하면서 자연스럽게 외벌이가 되었다.

전에는 모든 것을 내가 다 해결해야 했다. 내가 돈을 벌어야, 먹고 싶은 것도 먹고 사고 싶은 것도 사면서 나에게 투자를 할 수 있었다. 육아를 시작하면서 처음에 그나마 위안(?)이었던 건 내가 굳이 돈을 벌지 않아도 된다는 거였다.

만족할 만한 액수는 아니지만, 그래도 우리 세 식구 그냥그냥 살아갈 정도는 되니까 전처럼 목숨 걸고 생계를 위해 돈을 벌지 않아도 되었다. (물론 그걸로 인해서 더 큰 문제들도 많지만) 그런데 남편 돈 받아서 좋은 건 딱 몇 달 뿐이었다. 차라리 내가 나가서 일하고 말지, 하는 생각이 스멀스멀 올라왔다. 그만큼 육아는 쉬운 일이 아니었다.

처음 남편의 급여를 내 통장으로 받게 되었을 때는 내가 일하지 않고도 버는 불로소득 같았다. 하지만 육아와 집안일을 하면서 그 일들에 대한 노동력을 제대로 인정받지 못하고 있다고 느껴질 때가 많았다. 그래도 사회 생활하는 남편보다는 덜 스트레스 받는 거겠지 하며 스스로 위로했다. 그리고 한동안은 남편을 불쌍하게도 생각했다.

그도 총각 때는 자신만을 위해서 쓰며 살다가 결혼했다는 이유만으로 처자식을 먹여 살리기 위해 일하고 있다는 생각에 안쓰러워서 그가 벌어온 돈을 제대로 쓰지 못했다. 내가 돈을 벌었으면 쓰는 돈의 단위가 달랐을 것이다. 조금 비싸더라도 아마 매달 들어오는 월급을 생각하며 질렀을 테지만, 내가 경제생활을 하고 있지 않으니 물건을 구매할 때마다 머릿속에 계산기를 달고 다녔다.

나 자신을 위한 물건은 "다음에 사지 뭐. 급한 것도 아닌데" "좀 더 저렴한 거 없나?" 하며 인터넷 검색으로 가장 저렴한 곳을 찾아 구매했다. 한편으로는 이러고 살아야 하나 생각도 하면서 "그래도 아까 사이트보다 1,000원 싸잖아" 하며 스스로 만족하며 위로도 했다. 그 사이트를 찾느라 한 시간 버린 것은 생각하지도 않고….

내가 경제생활을 하지 않으면서 참는 걸 많이 배우게 되었다. 바로바로 사지 않고, 고민하고 또 고민해서 구매한다. 길 가다 음료수 한잔 사 먹고 싶어도 '집에 가서 마시지'로 바뀌었고, 매번 밖에서 외식했던 지난날과 달리 집밥을 선호하기 시작했다. 엄마들과 밥을 먹어도 "내가 쏠게~" 하는 말은 쏙 들어갔으며 더치페이가 기본이 되었다.

한 번은 갑자기 돈이 필요하게 되었는데, 내 이름으로는 그 액수의 돈이 대출되지 않는다는 사실에 깜짝 놀랐다. 내가 일을 할 때에는 제발 좀 대출해가라며 문자며 톡을 보냈던 은행들이 내가 직업이 없다는 이유로 내 서류가 아닌 남편의 서류를 가지고 와야 한다고 했다. 자존심이 상했다. 나는 남편 없으면 대출도 못 받는 사람이 되었구나….

가끔은 더럽고 치사하게 느껴질 때도 많고, 내가 경제활동을 하지 않는 것에 대해서 자격지심이 생기기도 한다. '사람들이 내가 집에만 있다고 무시하나?' 하는 생각에 혼자 힘들어질 때도 있다.

가끔 미혼여성들이 말한다.
"결혼하면 직장 그만둬야 할까 봐요."

오우~ NO! 굳이 결혼과 동시에 일을 그만둘 필요는 없다. 그리고 아이를 낳았다고 해도 일을 그만둘 필요는 없다고 생각한다. 전업주부가 아이를 더 잘 키우는 것도 아니다. 워킹맘으로서 육아도 잘하는 사람들이 많다. 아이 때문에 내 일을 쉽게 포기하다가는 아이에게 모든 것을 다 걸게 된다. 유치원까지 잘 버틴 엄마들도 아이가 초등학교에 들어가면 일을 그만두는 경우가 많다. 유치원보다 일찍 끝나기도 하고, 또 이때부터 아이의 학업에도 신경 써야 하며, 학원으로 돌리려면 중간에 간식도 챙겨줘야 해서 이때 가장 많이 일을 그만두게 되는 것 같다.

어떤 선택을 하건 본인이 하는 것이지만, 나는 너무 쉽게 일을 그만두지 않았으면 좋겠다. 여성에게도 경제력이 있어야 한다. 세상에서 가장 힘든 일이 남의 주머니에 있는 돈을 내 주머니로 넣는 것이라고 한다. 일이 그만큼 쉽지 않다는 것이지만, 일을 그만두고 다시 새로운 일을 찾는 건 더 쉬운 일이 아니다. 포기하지 않고 꾸준히만 한다면 뭔가 할 수 있겠지 싶겠지만, 솔직히 그게 생각처럼 쉽지 않다. 웬만한 각오와 목표가 있지 않은 한 그 생활도 쉽지 않다. 그래서 사표를 쓰기 전에 정말로 잘 생각해봤으면 좋겠다.

—— 알버트 앙커 〈Knitting Girl watching toddler in the cradle〉 1885년

남편에게 받은 급여로 만족하는 것은 딱 몇 달 뿐이다. 남자들 또한 자신만 바라보는 여자보다 함께 경제력을 충족해주는 여성들을 더 선호한다. 우리 어머니 세대만 해도 결혼하면 일을 그만두는 게 당연했다. 적든 많든 남편이 벌어다주는 돈으로 알뜰살뜰 살림 잘하고 아이만 잘 키우면 되던 시대였기 때문에 가능했는지도 모르겠다. 지금은 오히려 남성들도 자기 아내가 일했으면 좋겠다고 생각하는 사람들이 더 많을 정도로 경제가 힘들어진 게 사실이다.

우리 딸에게 늘 하는 말이 있다.
"여자는?"
"힘!!!"
우스갯소리지만, 딸에게 여자도 힘이 있어야 한다고 늘 말한다. 딸 가진 엄마로서 딸에게 하고 싶은 말은 여자도 힘을 가져야 한다는 것이다. 경제적인 힘. 꼭 전문직 여성이 되라는 말은 아니다. 얼마를 벌더라도 자신이 스스로 혼자서 살 수 있는 경제적 힘을 갖추기를 정말로 희망한다.

누군가에게 의지하는 게 아니라, 자신에게 의지했으면 좋겠다. 스스로 설 수 있는 그런 사람이 되었으면 한다. 예전처럼 돈 때문에, 자녀 때문에 이혼하지 못하는 사회도 아니다. 안 그랬으면 하는 바람이지만, 혹시나 이혼하게 되어도 혼자서 잘 살 수 있는 여성이 결혼 생활도 행복하게 잘하는 것 같다. 남편에게만 의지하는 게 아니라, 남편도 아내에게 의지할 수 있다면 남편도 부담 없이 일할 수 있을 것이다.

모든 결정을 남편에게만 맡기지 않았으면 좋겠다. 문제의 답을 남편에게서만 찾지 않았으면 좋겠다. 함께 의논하고 상의하는 것은 좋지만, 전적으로 모든 것을 다 맡기는 여성들. 남성들도 부담스럽기는 마찬가지다. 결혼하면서 처음 부동산을 계약할 때 남편을 앞세우고 여성은 뒤에 서 있는 경우를 많이 봤다. 물론 신랑 측에서 집값을 더 많이 내니까 그럴 수도 있겠지만, 요즘에는 집값이 워낙 비싸서 신부와 함께 돈을 모아 집을 마련하는 사람들도 많다. 신랑도 아마 처음 집을 계약하는 거라서 잘 모르지만, 그래도 신부 앞이라 잘하는 척하는 것이다. 그때 함께 계약서를 읽어보거나, 어느 정도 상식이 있어서 의문점을 문의하는 것만으로도 정말 많은 도움이 될 것이다. 눈에 보이는 인테리어에만 신경 쓰지 말고, 계약서 작성할 때라든지 경제적 문제를 해결할 때 뒤에 있지 말고, 스스로 해결책을 마련해보는 습관을 꼭 들였으면 좋겠다.

30대 후반의 엄마 생각이 이랬구나. 지금도 크게 달라지지 않은 걸 보면 경제적 능력이 여자에게도 정말 힘이 된다는 게 맞는 것 같아. 육아하면서 일을 한다는 게 정말로 쉽지 않단다. 게다가 아이가 어려서 엄마를 더 많이 찾는 시기라면 마음이 더 흔들리는 게 사실이지. 하지만 너무 쉽게 일을 포기하지 않았으면 하는 것이 엄마 생각이란다.

솔직하게 말하자면, 엄마는 싱글로 꽤 오랜 시간 있으면서 일 욕심도 많았고, 일하는 기쁨과 성취감도 맘껏 느껴봤고, 엄마 스스로에게도 열심히 살았어! 라고 말할 정도로 회사 사람으로서도 잘 살아왔단다. 한 번도 내가 일을 안 할 수도 있다는 생각을 해보지 못했지. 20살부터 바로 경제활동을 했으니 어쩌면 당연한 생각이었는지 모르겠다.

하지만 육아는 정말 예측할 수 없더라. 엄마가 육아 때문에 일을 그만둬야 하는 상황이 왔고, 내 인생에 5년이라는 시간 동안 회사에 다니지 않았지. 육아에 전념하면서 집안일도 해보고 엄마 자신에 대해서도 생각해보고, 책도 많이 읽으면서 5년 동안 다시 시작할 준비를 했었단다. 그런 시간이 있었기에 너랑 사이도 좋고, 애착 관계도 잘 되었던 건 사실이야.

그렇다고 너에게 일을 그만두고 아이가 어릴 때는 아이를 보는 게 좋다고도 말하지 않을 거야. 자신이 선택하지 않은 길에 대해서 충분히 알지 못하기 때문에 뭐가 더 좋다고는 말하지 못하겠다. 다만, 어떤 선택을 하건 네 삶에 충실하면 된다고 생각해.

아이가 어리니까, 엄마 손이 더 필요하니까, 내가 번 돈을 다 도우미 이모님에게 줘야 하니까 이런 이유보다, 조금 더 네 인생에 대해서 고민해본 다음에 선택하라는 거야. 네가 네 삶에 충실하다면 어떤 선택을 하든 너는 만족할 거란다. 엄마가 그랬듯이 말이야.

어떤 선택을 하건 엄마는 네 의견을 존중한단다. 너는 분명히 현명한 선택을 할 거라 믿어 의심치 않는다. 그리고 엄마는 네 곁에서 늘 기도하며 응원해줄 것이고, 네게 힘이 되는 사람으로 남을 거란다.

어떤 선택을 하건 너의 편인
엄마가

하고 싶은 일이 자주 바뀌어
생각이 많아진다면

:: 자책하지 마라.
　자신을 위한 고민을 계속하고 있는 너를 칭찬해 ::

엄마는 요즘 하루하루가 금요일 같구나. 연휴를 무척이나 기다리고 있는 어린아이 같다고나 할까? 새해가 되어 새벽 기상을 시작했더니 하루를 길게 쓰고 있어서 참 좋아. 그런데도 연휴까지 바라다니….

읽고 싶은 책들이 너무 많이 쌓여서 이번 연휴에는 과자를 듬뿍 사다 놓고 따뜻한 방에서 뒹굴뒹굴하면서 책을 읽고 싶어. 넷플릭스로 밤늦게까지 영화도 봐야지. 아~ 생각만 해도 행복하네. 엄마는 사장님 마인드는 아닌가 봐. 쉬는 날만 생각하다니. 후훗!

우리 딸, 요즘 하고 싶은 게 너무나 많아 행복한 고민을 하고 있던데? 더 어릴 때는 발레리나가 되고 싶다고 하더니, 요리가 재미있다며 요리사도 되고 싶고, 강아지가 예뻐서 수의사도 되고 싶고, 아이돌을 보면 아이돌이 되고 싶고, 유튜브를 보면서는 유튜버가 되고 싶다고 말하는 너. 뭐든 다 좋다. 꼭 네가 행복한 일을 찾아서 했으면 좋겠어. 어떤 일을 하든 네 마음이 이끄는 일을 했으면 좋겠다는 것이 엄마의 바람이야. 꼭 그렇게 되길 응원할게.

네가 이 편지를 읽을 때쯤이면 너도 30대 후반, 곧 40대를 바라보고 있겠네. 엄마 생각인데 말이야. 아마 그때가 돼서도 너는 같은 고민을 할지도 몰라. 왜냐하면 직업은 하나로 끝나는 게 아니거든. 평균수명도 길어지고, 또 변화가 빠른 시대라 한 가지 직업을 가졌다고 하더라도 다른 직업으로 전환할 수도 있어. 그리고 너 또한 육아를 통해 잠시 경력이 단절될 수도 있단다. 다시 일을 찾을 때는 아마 그 전에 했던 일이 아닌 다른 일을 찾을 수도 있을 거야.

그때도 너의 일이 자주 바뀔 수 있단다. 20대 때는 잘하는 일도 해봤고, 30대 때는 하고 싶은 일을 해봤어. 그리고 경력단절 기간에는 일이 수도 없이 바뀌었지. 그때마다 엄마는 좌절하면서 자신을 탓하곤 했어. "나는 왜 이렇게 잘하는 일이 없지?" "나도 어렸을 때부터 무언가 했다면 지금쯤 어느 경지에 올라와 있었을 텐데, 왜 우리 엄마는 나에게 그런 거 하나도 안 시켰을까?" 하며 애꿎은 엄마를 탓했지.

이런 고민은 30대에 끝날 줄 알았는데, 40대 때에도 마찬가지더라. 그리고 아직도 내가 이 고민을 하고 있다는 사실에 또 한번 좌절했단다. 나의 50대는 그렇게 하지 말아야지! 매번 이런 고민을 하다 보니 어떤 직업을 가져야 할지 정말 고민이었어.

그러니까 하고 싶은 일을 찾는 게 아니라 할 수 있는 일을 찾고 있는 거야. 그 사실이 더욱 슬펐단다. 내가 할 수 있는 일들이 이렇게 없다니. 특히나 대한민국에서는 나이 많고 가방끈 긴 여성이 뭔가 새롭게 일을 시작한다는 게 쉽지 않더구나. 아이 엄마라는 이유도 말이야. 만약 결혼을 안 했다면, 나이 많은 여성이 결혼도 안 했고, 아직 아이도 안 낳았다는 이유로 취업하기 어려운 것처럼 이미 그 시기를 다 지낸 여성들도 마찬가지더라. (제발 30년 뒤에는 이런 이야기가 없어졌으면 좋겠구나)

엄마 친구들도 다 비슷해. 결혼 전에는 대기업에서 잘나가던 여성이었는데, 육아로 인해 일을 그만두고 난 뒤 다시 그전과 같은 일을 한다는 게 쉽지 않았지. 그러다가 자신이 할 수 있는 일 (육아로 일할 수 있는 시간이 한정된 경우는 더욱 그렇단다)을 찾아서 하는데, 그렇게 찾은 일은 행복과 먼 일이란다.

아이 학원비 때문에, 경제적 보탬이 되기 위해서 어쩔 수 없이, 선택의 여지가 없어서 하는 일이 되어버린 거지. 그게 참 슬펐어. 많은 여성이 그렇게 공부도 많이 하고 자신의 꿈을 꿔왔으면서도 결국에는 이렇게 된다는 사실이….

엄마 주변에도 많아. 엄마가 하는 모임 안에도, 대학원 동기들도, 또 박사학위를 받은 지인 중에도 이런 여성들이 많지. "내가 이러려고 공부한 거 아닌데…" 하면서 오히려 더 선택의 폭이 좁아졌다며 이제는 정말 무엇을 해야 할지 더 난감하다는 사람들도 많더라.

엄마도 다시 직장에 오기까지 수많은 일들을 거쳤단다. 혼자서 소규모 무역도 해보고, 일본어를 가르쳐보기도 하고, 강의도 하고, 책도 쓰고, 계속 뭔가를 하려고 꾸준하게 노력했어. 마음이 건강할 때면 이렇게 노력하면서 살아온 나 자신을 칭찬해주는데, 내 마음이 건강하지 못할 때면 자책하게 되더라.

나의 달란트는 무엇일까? 분명 하나님은 우리를 이 세상에 보낼 때 달란트를 주셨다고 했는데 아무리 봐도 나의 달란트를 모르겠는 거야. 열심히 안 한 것도 아닌데, 뭘 해도 잘 안 되는 것 같고. 늘 뭔가 꾸준히 하고 있는데 왜 나는 잘 안 되는 걸까?

이런 생각을 할 때 가장 속상하지 않니? 엄마는 그렇더라. 엄마 회사에는 회장님 아들이 있는데 그 사람은 태어날 때부터 회장님 아들이었잖아. 물론 그도 회장님 아들로 살기 위해 미국에도 가고 공부도 열심히 하고 나름의 노력을 많이 했겠지만, 출발선 자체가 다른 그들은 이런 고민 자체를 안 할 것 같다는 생각에 조금은 부럽기까지 하더라.

다시 태어나지 않는 이상, 그럴 수 없다면 일찌감치 내려놓는 게 낫겠지. 그들은 그들이고, 나는 또 나니까. 비교할 수 없는 사람들과 비교하면 나만 불행해져. 우리, 그렇게 어리석은 사람은 되지 말자.

다행인 건 내가 자꾸 변화하고 성장하려고 노력한다는 거야. 그 자리에 멈추어 있지 않았고 어떻게든 나를 둘러싼 이 굴레를 벗어나려고 하는 거지. 그러니까 새벽 기상도 하고, 일부러 지하철을 타면서 독서 시간도 확보하고, 늦은 밤 스터디를 만들어서 공부한 것을 나누기도 한단다.

이렇게 공부하다 보니 자꾸 하고 싶은 일도 변하고, 내가 하려고 하는 일들도 조금씩 변하더라. 분명 이전 같았으면 이런 변덕을 가진 나를 자책했을 거야. 분명 너도 이럴 때가 있을 거야. 열심히 살았지만, 네가 생각한 대로 되지 않고, 무언가 자꾸

하고 싶은 일이 변하는 너 자신을 자책하는 날이….

엄마는 이런 말을 해주고 싶어.

"자책하지 마라. 자신을 위한 고민을 계속하고 있는 너를 칭찬해주렴. 너는 네 인생에 최선을 다하는 것뿐이야. 단지 우리에게는 인내가 필요하단다. 책 한 권 읽는다고 사람의 인생이 달라지지 않는다는 거 잘 알잖아. 100권정도 읽어야 그 분야에 대해서 조금 알아가는 거라고 하더라. 네 인생! 최선을 다해서 살고 있다면 좀 늦어도 괜찮아."

엄마가 성공한 사람들의 책을 많이 읽어봤는데, 50대에 성공하는 것이 좋다고 하더라. 그전에 성공하면 다시 실패할 확률도 있고, 사람이 겸손하지 못하게 될 수도 있다. 성공도 그렇고 돈도 양날의 칼을 가지고 있단다. 분명 너를 행복하게 해주는 도구가 되지만, 반대로 너를 죽이는 도구가 되기도 하지. 돈 관리를 잘하려면 너 또한 성찰해야 하고, 큰돈을 잘 쓸 줄 아는 사람이 되어야 한다는 거지.

그러기 위해서 더 많이 넘어져야 하고, 더 많이 겸손해야 하며, 더 많이 나눌 줄 아는 사람이 되어야 한단다. 너 아직 40살도 안 된 거잖아. 아직 10년이 더 남았어. 네 인생에서 롤러코스

터를 탈 시간이 말이야. 엄마는 몇 년 후 50살이 될 거거든. 성공해도 부자가 돼도 괜찮을 나이가 되어가고 있어. 그래서 엄마는 엄마의 50살이 기대돼.

하고픈 일들이 자주 바뀐다는 건 네 인생에 대해서 충분히 고민하고 계속 발전하며 자기 삶에 충실하다는 뜻이야. 그러니까 너 자신을 칭찬해주렴. 엄마는 너를 특급 칭찬한단다. 너는 잘될 거야. 너 듣기 좋으라고 하는 칭찬이 아니란다. 엄마가 매일 너를 놓고 기도하고 있고, 너 또한 이렇게 충실하게 사는데 어떻게 네가 안 될 수가 있겠니. 그러니 믿음을 가지고 조금 더 기다려보자. 분명 너는 잘될 거야.
엄마의 모든 것을 다 걸고 장담하마!
지금까지 잘했고, 지금도 잘하고 있고, 앞으로는 더 잘될 것이다!

너의 성공을 확신으로 기도하고 있는
엄마가

—— 앙리 리바스크 〈마르느강의 보트〉 1905~1906년

나이 때문에 할 수 없다는 생각이 들 때

: : 괜찮아. 네 나이는 실패해도 괜찮을 나이야 : :

오늘은 여직원들과 점심을 먹으면서 이런저런 이야기를 나누다가 '후회'에 대한 말이 나왔단다.

"지금까지 살면서 가장 후회되는 일이 뭐예요?"

많이 나온 대답이 뭔지 아니?

"그때 그 일을 하지 못했던 거요" 였어.

하려고 했었는데 어떤 사정 때문에 하지 못했던 일들을 가장 많이 후회하더라고.

엄마가 읽은 책에서도 많이 나오는 말인데 마음먹었던 일들을 시도하지 못하고 포기했던 것들을 가장 많이 후회한다고 해. 엄마도 '똑같은 후회는 하지 말자' 라고 생각하고 있단다.

아마 그래서 지금도 여러 가지에 도전하고 있는지 모르겠다. 나중에 엄마는 분명 할 말이 많은 재미있는 할머니가 될 것 같아. 그렇지 않니?

함께한 사람들은 20대 후반, 30대 초반의 아가씨들이었어. 왜 그때 그 일을 시도하지 못했는지 물어봤단다.

"그때 제가 좀 나이가 많아서요. 그래서 뭔가 새롭게 시작하기에 나이가 걸렸어요."

"응?? 지금보다 어렸으면 20대 때 아니에요?" 하고 되물었지. 40대 중반인 엄마가 봤을 때는 20대면 뭐든 시작해도 좋을 나이거든.

하긴 생각해보면 엄마도 그랬구나. 그냥 내 나이가 그때마다 가장 많다고 생각을 했지. 아무리 나이는 숫자에 불과하다고는 하지만 한국 사회에서 그것도 여자의 나이는 숫자에 불과하지 않아.

엄마는 24살 때 일본에 공부하러 갔었는데, 그때 어학원에서 엄마는 나이가 많은 편이었단다. 일본에 있는 대학을 가려고 온 어린 친구들 사이에서 엄마는 나이가 많은 편이었지.

24살이면 젊디젊은 나이인데, 그때는 왜 그렇게 생각했는지 모르겠다. 대학 입학하는 친구들 사이에 졸업한 사람이 있었으니 당연하긴 하지만, 그때는 그 이유만으로 일본에서의 1년이 조급함으로 가득 찼던 것 같아.

대부분 취업하는 나이인데, 나는 일본에 와서 새롭게 공부한다고 했으니 그것만으로도 늦었다고 생각한 거지.

덕분에 1년 뒤 일본어 능력 시험 1급을 따고, 이번에는 호주로 갔단다. 그곳의 생활도 참 좋았지. 유유자적하는 생활이 잘 맞는 사람이라면 호주라는 나라는 참 매력적이야. 자연의 아름다움도 너무 좋았고, 글로벌하게 생활할 수 있다는 것도 참 좋았어. 하지만 그때는 그렇게 생각하지 못했어. 빨리 영어를 공부해서 다시 한국으로 가서 자리를 잡아야 한다는 생각만 가득했지. 만약 그때도 조급함이 없었더라면 호주 생활이 더 즐거웠을 텐데. 뭔가 빨리 시작하지 않으면 안 될 것 같다는 마음에 호주에서도 불안했단다. 지금 생각해보면 조바심 내면서 있었던 게 안타깝구나.

그때 누군가 엄마에게 다른 조언을 해주었다면 다른 각도로도 생각해봤을 텐데 당시 엄마는 너무 어렸고, 스스로는 나이가 많다고 생각하며 다른 사람들보다 많이 뒤처졌다는 불안감에 늘 시달렸어. 학교를 졸업하면 취업하고, 돈 모아서 결혼하고, 애도 낳아야 하고, 아이도 잘 양육해야 한다는 주입된 시스템. 사회 누군가가 정해놓은 시스템을 기준으로 생각하면 엄마는 매번 그 시스템을 벗어난 늦깎이 인생을 사는 사람이었어.

대학 졸업 후 바로 취업한 친구들은 계장으로 승급해서 이제 막 병아리 티를 조금 벗은 상태였는데 나는 처음부터 다시 시작하려고 하니까 막막했어. 그래서 호주에서 돌아오자마자 두 달 만에 바로 취업해서 일했고, 시스템에 맞춰서 살기 시작했지. 40대 중반이 돼서 생각해보니 그때 나는 더 많은 책을 읽을 수 있었는데… 그때 세상을 더 넓게 볼 수 있었는데… 조금 더 나에 대해서 생각하고, 삶에 대해서 생각할 수 있는 기회였는데, 스스로 조바심을 냈기 때문에 그런 기회들을 잡지 못했던 게 매우 아쉽단다. 역시 인간은 생각하면서 살아야 해. 그렇지 않으면 사는 대로 생각하게 된다는 말이 참 무섭구나.

지금 와서 보면 2년을 해외에서 보냈던 나와, 졸업 후 바로 취업전선에 뛰어들었던 친구들과 비교해보면 누가 더 좋고 나쁨은 없거든. 2년 더 먼저 일했다고 더 큰 부자가 된 것도 아니고, 더 큰 성공을 거둔 것도 아니더라. 각자 나름대로 열심히 살았고, 최선을 다해서 자기 삶을 그려나가면 되는 거였어. 그런데 그걸 그때는 정말 몰랐었단다.

그런데 있잖니. 엄마도 많이 산 것은 아니지만 그래도 조금 더 살아본 사람으로서 말해주는 건데 뭔가 시작하기에 절대로 늦은 나이는 없단다. 그 나이에는 실패해도 괜찮아. 너는 네 나이가 많다는 생각이 들지? NO! 절대 그렇지 않아. 30대인 네 나이는 40대가 바라는 "10년만 젊었으면…" 하는 나이이고, 엄마의 지금 나이는 50대 언니들이 봤을 때 "내가 그 나이만 됐어도…" 하는 나이란다. 우리가 몇 살이든 간에 우리 나이를 부러워하는 사람들이 있다는 걸 잊지 마.

누군가는 말하더라.
"그 나이에 실패하면 일어서기 힘들어요!"

그런데 엄마는 절대로 그렇게 생각하지 않아. 그건 나이 때문이 아니라 욕심 때문이야. 욕심부려서 한 일들은 다시 시작하기 힘들 수도 있지. 하지만 나이는 아니란다. 너는 몇 살이 되건 네 나이가 많다고 생각할 거야. 나이 핑계를 댈 수도 있어. 왜냐면 그게 가장 쉬운 방법이거든.

딸아, 오늘은 네 삶에서 가장 젊은 날이란다. 그러니까 실패해도 괜찮은 나이라는 거야. 아무리 능력이 뛰어나더라도 누구나 다 실패할 수 있어. 떨어질 수 있어. 좌절할 수도 있지. 네 나이에는 잘못해도 그것 자체가 큰 배움이야. 실패를 통해서 사람은 가장 많이 배울 수 있어. 게다가 나이 들어서 경험하는 실패는 겸손이라는 얻기 힘든 것을 덤으로 얻을 수도 있고. 그러니 나이 때문에, 나이가 너무 많아서 못 하겠다는 핑계는 대지 말기로 하자.

70대, 80대의 나이에도 새롭게 시작하는 분들이 많아. 우리가 그분들처럼 대단한 사람이 되려고 하는 거 아니잖아. 그냥 네 나이가 몇 살이든 언제든 네가 마음먹었을 때 시작하더라도 괜찮다는 말을 엄마는 해주고 싶구나.

네가 자신을 도울 수 있도록 그런 노력과 시도를 절대 멈추지 않았으면 좋겠어. 엄마 또한 그런 모습을 네게 보여줄 거야. 70이 돼도, 80이 돼도 계속 일을 할 거고, 어떤 일을 하든 끊임없이 도전하고 실패하는 모습을 네게 보여줄 거란다.

실패가 두렵지 않냐고? 아니, 엄마도 두려워. 엄마도 실패하는 게 두렵고 떨어지는 것도 두려워. 그걸로 인해 엄마가 좌절하는 건 더더욱 두렵단다. 하지만 그보다 더 두려운 것은 엄마가 아무런 시도도 하지 않고 그냥 재미없게 사는 거야.

분명 그렇다면 나중에 나중에 더 많이 후회할 것 같아. 100살이 되어서 90세 때 시도하지 못했던 일을 후회한다면 얼마나 안타깝겠니. 그래서 엄마는 그런 후회를 하지 않고 사는 게 목표란다. 이미 우리는 살아 있는 현자들이 어떤 후회를 많이 하는지 책을 통해 알았으니 엄마가 그 나이가 되었을 때는 부디 다른 후회를 하기 바래.

우리, 인생 재미있게 도전하며 살자! 넘어지면 일어나면 되고, 또 넘어지면 또 일어나면 되지. 그때 서로를 안아줄 수 있는 사람이 되자꾸나.

늘 새로운 도전으로 재미있는 인생을 사는
엄마가

―――― 윌리엄 오펜 〈Grace reading at Howth Bay〉

뭐든지 늦어져서 조바심이 날 때

::분명 가장 좋은 때에 가장 좋은 방법으로 결실을 보게 될 거다::

머칠 전 너를 옆에 태우고 운전을 하는데, 엄마와 함께 듣고 싶은 노래라면서 네가 노래를 들려주더구나. 노래를 들으면서 생각했어. 한 번도 엄마의 노래 취향에 대해서, 좋아하는 가수에 대해서 말한 적이 없는데, 예전에 엄마가 좋아했던, 그렇게 유명하지 않았던 가수의 노래를 들려주면서 "엄마! 이 노래 좋지 않아?" 하는데 깜짝 놀랐어.

그래서 그런가 봐. 나와 너무 비슷한 성향과 취향을 가지고 있는 네가 혹시 나와 같은 실패나 실수를 하지 않을까 하는 마음에 할 말이 많은가 봐. 분명 너는 나와 다르고 우리는 상황이나 처한 환경도 다 다른데 말이야. 그냥 노파심에서 하는 엄마의 잔소리라 생각해줘. 이걸 말로 다 하면 정말 너랑 나랑 사이가 멀어질 수도 있으니 글로 남기는 거라고.

나중에… 정말 나중에 필요할 때마다, 다 읽을 필요도 없고 필요한 부분만 꺼내서 읽어보라고 오늘도 이렇게 글을 쓴다.

오늘 하고픈 말은 네가 하는 일이 늦어져서 조바심이 날 때 읽어보면 좋을 것 같아.

살면서 이런 때가 있을 거야. 네가 하는 일들이 네가 원하는 때에 다 이루어진다면 좋겠지만, 그럴 확률은 높지 않단다. 네가 원하는 때가 가장 좋은 때가 아닐 수도 있고, 또 그것이 가장 좋은 방법이 아닐 수도 있지. 그래서 신이 너의 길을 막을 때도 분명 있을 거란다.

엄마도 그랬어. 인생에 있어서 중요한 일들은 다 늦었더랬지. 그게 그때는 정말 속상했고 초조했단다. 그런데 지금 와서 생각해보면 가장 좋은 때에 가장 좋은 방법으로 다 되었던 것 같아.

엄마는 남들과 같은 때에 공부하지 않았어. 철이 늦게 든 이유도 있었고, 공부에 대한 중요성보다 빨리 돈을 벌어야겠다는 생각이 강했거든. 금전적인 이유가 엄마의 꿈을 막았어. 하고 싶은 일이 있을 때마다 엄마를 가로막은 것은 부모의 허락보다도 돈이 없는 현실이었단다. 그래서 빨리 돈을 벌고 싶었고, 20살이 되면서 계속 아르바이트를 했어. 그때는 좋은지 나쁜지를 생각할 여유도 없었고, 내가 살기 위해 돈은 필요한 거니까 그냥 해야만 했어.

2년 동안 아르바이트해서 일본 유학을 갔고, 일본에서도 아르바이트를 계속하면서 공부했단다. 그래서 더 빨리 일본어를 배웠는지도 몰라. 호주에서도 계속 일하지 않으면 안 됐기에 끊임없이 아르바이트를 했어. 그때는 어쩔 수 없는 일이라며 삼켰던 것들이 지금 보니까 꼭 필요한 일이었던 것이지. 그때 내가 울면서 다짐했던 게 있거든. '다시는 이런 일들로 울지 말아야지. 그러면 나는 어떻게 해야 하나? 나를 무시하지 못하게 하려면 결국 내 실력을 키워야겠구나.'

그래서 늦은 나이에 공부를 다시 시작했고, 회사에 다니면서도 계속 공부하는 사람이 되었단다. 남들보다 늦게 대학원에 갔지만, 공부가 너무 재미있었단다. 내가 나에게 주는 선물이라고 생각해서 2년 동안은 실컷 공부하고 싶었어. 대한민국에서는 '공부'하면 뭐든 용서되잖아.

결혼 대신 선택한 대학원이었어. 어쩌면 내 인생에서 마지막 학창 시절이라는 생각에 그때를 제대로 즐겼지. 다섯 살이나 어린 친구들이 엄마 대학원 동기였어. 동생들보다 더 잘해야 한다는 언니의 마인드로 공부도 더 열심히 했단다. 대학원 졸업에 성공한 건 동기 중에서 나밖에 없었어. 남들보다 늦게 시작했기에 욕심내서 공부한 덕분이지. 만약 엄마가 남들과 비슷하게 대학 졸업하고 바로 대학원에 들어갔다면 그렇게 열심히 공부했을까? 하는 생각도 해본다. 그러고 보면 엄마는 가장 좋은 때에 대학원에 갔구나.

육아도 마찬가지라고 생각해. 결혼이 늦어졌으니 아이도 늦었지. 38살에 처음 엄마가 되었을 때 그때는 처음이라 모든 게 힘들었어. 친구들은 이미 학부모가 되었는데 나는 이제 갓난아기 육아를 하고 있으니 많이 늦었지. 하지만 다시 생각해보면 이른 나이에 엄마가 되었다면 지금처럼 엄마 노릇을 못 했을 것 같아. 젊을 때엔 철도 없었고, 내 성장에 더 욕심이 많았지. 어쩌면 아이 없는 딩크족이 되었을지도 모르겠어. 남들보다 늦은 나이지만 나에게는 엄마 되기에 딱 맞는 나이였던 거지. 정말 가장 좋은 때에 엄마가 된 것 같아서 엄마는 감사하게 생각하고 있단다.

지금까지는 좋은 예였다면 이제는 반대의 이야기도 해볼게. 엄마는 지금까지 아홉 권의 책을 쓰고 한 권의 번역서를 출판했단다. 그중 여섯 권은 출판이 되었지만, 한 권은 코로나 상황과 맞지 않는 콘텐츠가 되어 계약이 취소되었고, 또 한 권은 다른 이유로 취소되었단다. 지금 두 권을 쓰고 있는데 이건 어떻게 될지 모르겠다.

글 쓰는 게 좋아서 계속 쓰고는 있지만, 글이 나를 밥 먹여 주지는 못하고 있구나. 좋아하는 일이 내 생각만큼의 결과를 가져오지 않을 때 얼마나 속상한지 너도 잘 알지? 계속해야 하느냐는 의문도 들고 말이야. 겉으로는 안 그런 척해도 얼마나 조바심이 나는지 모르겠어. 글을 이제는 그만 써야 하나? 라는 생각도 여러 번 해보고, 베스트셀러 책을 읽으면서 왜 나는 이런 글을 쓰지 못하는지 한탄한 적도 많단다. 어쩌면 지금도 그러고 있는 것인지도 몰라.

하지만 엄마는 조금 더 버텨보려고 해. 조바심에 가끔 좋지 않은 생각이 들 때도 많지만 말이야. 지금껏 삶을 보면 내가 원했던 때에 됐던 것보다 시간이 더 걸렸지만 가장 좋을 때 가장 좋은 방법으로 일이 성사됐잖아. 그 믿음으로 '아직은 나의 때가 아니구나' 하며 인내심을 발휘해본다.

그렇다고 아무런 노력을 안 하는 건 아니야. 계속 시도할 거고, 언젠가는 될 수 있도록 글을 계속 쓸 거란다. 이번에도 공모전에 도전해볼 건데 떨어질지도 몰라.
하지만 계속 나의 확률을 높여보고 싶구나. 이미 여러 번 떨어져봐서 한 번에 되지 않는다는 것도 알았고, 지금까지의 삶을 보면 나는 뭔가 빨리 성취하는 사람이 아니라는 걸 아니까 될 때까지 해보고 싶어. 아니다 싶으면 그때 가서 그만두려고. 타인에 의해 그만둔다면 자존심 상하잖아. '내가 몇 번 해봤는데 아닌 것 같아' 하는 거랑 어느 정도 성공이라는 위치까지 가본 다음에 '이게 아닌가 봐' 하며 다른 길을 선택한 사람은 분명 다를 거야. 엄마는 너에게 부끄럽지 않게 살고 싶어.

네가 생각한 그때에 뭔가가 되지 않는다고 조바심 내지 말아라. 지금은 너의 때가 아닐 뿐이야. 조금만 더 인내해보렴. 분명 가장 좋은 때 가장 좋은 방법으로 결실을 볼 거란다. 엄마는 그 믿음으로 살 거야. 너는 엄마의 믿음을 바로 옆에서 보고 네가 평가해보렴. 아니라고 생각되면 너의 방법대로 해. 하지만 엄마의 믿음이 맞았다면 엄마의 방법을 따라주겠니?

네 덕분에 엄마는 오늘도 글을 쓴다.
우리, 스스로에게 쪽팔리지 않게 살자! (쪽팔리다는 말이 좀 그렇다만 이만큼 강력한 메시지 표현을 잘 모르겠구나)

오늘도 쪽팔리지 않는 엄마가 되기 위해 노력하는
엄마가

에밀 무니에르 〈A Tender Embrace〉 1887년 ─────

에필로그

〈30년 뒤 딸에게 보내는 편지〉를 블로그와 브런치에 올리면서 개인 댓글들을 많이 받았습니다.

성인이 된 자녀에게 자신도 편지를 써 보고 싶다는 분들도 계셨고, 돌아가신 어머니가 나에게 보내주는 편지 같다며 결혼을 준비하는 분들에게서도 감사의 글을 받았습니다. 자신의 고민을 올려주신 분들도 계셨어요.

그분들 덕분에 편지가 계속 이어질 수 있었습니다.

요즘 제가 자주 보는 프로그램 중 하나가 오은영 박사님의 〈금쪽 상담소〉입니다. 성인들이 각자 고민을 들고 박사님을 찾아오는데, 그 풀어가는 과정을 보면서 저 또한 많은 공감을 하면서 위로를 받고 있어요. 성인이 되어서 갖게 된 문제점 중에는 어릴 적 어떤 사건과 연관이 되거나, 주 양육자인 부모로부터 받은 영향이 정말로 크더군요. 어릴 적 상처나 트라우마에서 빠져나오지 못한 사람들은 커서도 그 영향을 계속 받고 있는 것이지요. 원인을 알게 되면서부터 문제와 고통에서 자유로워지는 모습들을 봤습니다.

사실 제가 그랬습니다. 한 번도 사랑한다는 말을 듣지 못했고, 내 존재감에 대해서 인정받지 못하고 자란 30년 전 나에게 편지를 썼어요. 그때의 나에게 해주고 싶은 말, 그때 내가 듣고 싶었던 말들을 편지로 썼습니다. 그러다 보니 유독 "사랑한다"라는 말과, "너는 존재만으로도 사랑받는 사람이야" "너는 나의 최고의 딸이란다" "엄마 딸로 태어나줘서 고마워" 라는 말을 자주 썼습니다.

이 말들은 제가 딸에게 가장 많이 하는 말들입니다. 딸에게 하는 말이지만, 가장 먼저 제가 듣는 말이기도 해요. 이런 말들을 통해서 자존감도 생기고, 마음 아팠던 일들이 치유되기도 했습니다. 그리고 이제는 몸과 마음이 건강해져서 제가 받은 사랑들을 흘러보내는 사람이 되었습니다.

우연이지만, 코로나가 시작되면서 편지를 쓰기 시작했고, 벌써 3년이 되어갑니다. 우연이 아닌 필연 같았습니다. 덕분에 위로받았고, 힘을 낼 수도, 다른 사람들에게 힘을 줄 수도 있었습니다. 제가 편지를 올릴 때마다 따뜻한 댓글로 응원해주셨던 분들께 감사드립니다. 그리고 "어머니가 살아계셨다면 제게 이런 말을 해주셨을 것 같아요" 라고 해주셨던 분들이 정말 많았습니다. 그분들께 제가 답해드리지 못한 점, 이해를 부탁드립니다. 행여나 어설픈 답글로 어머니와의 감동을 깰 수도 있을 것 같다는 생각에 감히 답을 달지 못했습니다. 책을 통해 말씀드리지만, 어머님이 살아 계셨더라면 분명 그러셨을 거예요.

저도 엄마가 되어보니 엄마의 자식을 향한 마음은 다 같다는 생각이 가장 먼저 들었습니다. 나의 모든 것을 다 주어도 아깝지 않은 사람이 바로 자녀라는 생각이 듭니다. 다만, 상황이 안 좋아서, 혹은 표현하지 못한 성격 때문에 사랑한다는 말을 밥 먹으라는 말로 대신했을지도 모릅니다. 저도 40대 중반이 돼서야 알게 되었어요. 딸에게 보내는 편지를 쓰면서 더 잘 알게 된 사실일지도 모르겠습니다.

우리는 자신의 목숨을 내주어도 아깝지 않은 사랑을 받고 자란 사람들입니다. 제가 제 딸에게 "존재만으로 사랑스러운 아이"라고 말하는 것처럼 이 글을 읽는 모든 분도 그렇다는 것을 꼭 말해주고 싶었습니다.

있는 그대로 참 아름다운 당신.
당신 덕분에 한 여성이 엄마로서 멋지게 잘 살아가고 있습니다.
당신은 그런 존재입니다.

2022. 2. 20
세상의 모든 엄마를 대신하여 편지를 쓴
김여나입니다

To. 죽고 싶을 만큼 힘든 당신에게

제 편지 중 가장 많이 읽힌 글은 〈죽고 싶을 만큼 힘이 들 때〉입니다. '죽음' 관련 검색어로 찾아오신 분들이 많은 것 같아요.

그 편지글에 유독 비밀 댓글이 많이 달렸습니다. 전혀 모르는 저에게 하소연하듯 자신의 이야기들을 풀어놓으셨습니다.

읽으면서 마음이 아팠습니다. 뭐라고 말해야 할지 몰라 댓글을 달지 못했습니다. 어설픈 조언으로 괜히 상처주는 건 아닌가 싶어서 어려웠습니다. 그런데 정말 하고 싶은 말이 있습니다.

그렇다고 삶을 포기하지 마십시오.
죽지 마십시오.
목숨이 붙어 있으면 희망이 있습니다.
잔인한 말 같지만 견디고 인내하십시오.
살아만 있다면 어떻게든 할 수 있습니다.
너무 힘들면 아프다고 소리치십시오.

절규하듯 소리 지르고 큰 소리로 엉엉 우십시오.

그러면 죽지 않습니다.

당신이 죽지 않았으면 좋겠습니다.

저는 아이가 태어나면서 너무나 행복했습니다. 아이의 건강을 놓고 제 남은 삶은 타인을 위해서 살겠노라고 서원을 했습니다.

당신도 누군가에게 그런 존재입니다.

그러니 스스로 삶을 포기하는 일이 없었으면 좋겠습니다.

신은 감당할 수 있는 고통만 주시고, 피할 길을 주신다 하셨습니다. 제발 살아서 시간이 지난 후에 오늘을 기억하며 감사해하는 날이 오기를 바랍니다.

당신이 정말로 죽지 않았으면 좋겠습니다.

30년 뒤에 당신의 고백을 듣기 희망하는
퀸스드림